復華一街的奇蹟——閱讀的無限可能

楊秀嬌——編著

推薦序　在書海中引領前行

教育部全國圖書教師輔導團召集人
中原大學講座教授兼圖書館館長　陳昭珍

聽到很多國小老師說，他們的學生升上國中後，不再像國小一樣可以快樂閱讀；也聽到很多國中老師說，國中要推閱讀真的比較不容易。根據我們在圖書館年鑑的調查，民國一〇八年全國國小學生，每人每年平均借閱23.64冊，而國中生則降為每人平均借閱8.1冊。當然這個數字不能代表國小及國中學生的閱讀全貌，但可以看出國小與國中確實有落差。

在不同的學習階段，有閱讀和沒有閱讀，都會帶來不同的學習成效。美國聖地牙哥的市議會與市立圖書館有「幼兒園以前的一千本書（1000 Books Before Kindergarten）」計畫，根據曾多聞在《美國讀寫教育6個現場，6場震撼》的描述，參加一千本書計畫的市民，在圖書館登記並建立帳號，之後每週都會收到適合孩子年紀的書單以及親子共讀指南。書單上的書都可以在當地圖書館找得到。

各位試想，學齡前有讀過一千本書和沒有讀過一千本書的孩子，他們知道的詞彙會有多大的差異。學童在國小六年，有閱讀兩百本書和沒有閱讀兩百本書；在國中三年，有閱讀一百本書和沒有閱讀一百本書，他們的生活素養、學術素養會有多大的差異！

閱讀讓我們在孤獨中不寂寞，透過閱讀也可以去不同的國家和地方進行奇妙的旅行，看到世界各地不同的美景，去進行驚人的冒險、探索未知的世界，發現新的國家。去解開偉大的謎團，或者回到過去，了解我們的歷史和遺產，或者看看我們的未來會如何。閱讀也會讓我們更富同理心，如小說可以將我們帶入另一個人物的心靈，讓我們看到和感受到他們的所作所為，接觸與我們不同的生活環境。閱讀小說，提供了一種走出自我，設身處地去了解他人的方法。

圖書教師是中小學非常重要的閱讀領航人，是人與書之間的重要橋梁。秀嬌老師將她六年來擔任圖書教師的經歷記錄下來；從她的文字中，彷彿可以看到內壢國中的學生快樂閱讀與學習的模樣，看到非常棒的國中閱讀風景，也讓我們知道，台灣的國中生不再是不閱讀的一代。

推薦序　走出教室　多元識讀

桃園市內壢國中校長　謝益修

在這文明發展迅速，資訊科技發達的年代，每個人都要跟著適應這時代的節奏，學習運用資訊科技，學習更有效率處理事務，學習快速反應與應變，學習國際移動與世界接軌，太多太多的外在刺激與競爭壓力，似乎都不能遺漏或偏廢，這規劃與協助孩子學習生活的議題，確實教家長始終困擾。而身為教育工作者的我，也常思索著這個議題。多年的教學實務與個人經驗，讓我在回應家長這類疑問時，一定會提到「閱讀素養」這件事。

世界運轉再快，科技再進步，人類卻永遠無法忘卻應該如何學習「思考」與「表達」，因為這是「人」之所以是「人」，而不是「機器人」的基本功夫；而我想說的是，「思考」與「表達」這兩項能力，正是學習競爭力的核心能力，也要靠「閱讀理解」逐級提升，逐步轉化的。所以，在我服務的學校，始終致力於身教式持續安靜閱讀、聊書薦書，以及主題閱讀深度學習，希望學生都能樂於閱讀，懂得閱讀，進而獲致閱讀理解與生活連結的能力。當然，這學年我來到內中，更近距離了解這校園曾成就的每一件閱讀工程，更由衷驚豔佩服秀嬌老師長久以來，義無反顧投注推動校園閱讀的決心與毅力。

內中的閱讀發展歷程，從圖書館利用到閱讀結合品格教育、服務學習、國際交流、生涯發展與環境正義，秀嬌老師居功厥偉。這幾年秀嬌老師堅持讀寫結合，有系統集結師生作品出版成書，從《那一年，我們十三歲》、《少年十五二十時》、《青春，在下個街角》到《我把青春寫成書》，每一篇都是真實記錄青春年少的學生精采作品。在我心目中，秀嬌老師就是閱讀推手的典型，而這本書也是她這六年來，推動內中校園閱讀工作歷程的最佳見證，而我躬逢其盛，當然要全力促成，也誠摯邀請每位閱讀教師一起拜讀學習。

推薦序　閱讀　看見世界的美

桃園市東興國中校長　林祺文

二〇一五年八月接篆內中，二〇二一年調任他校，這六年，感謝內中同仁和我一起創造許多不可能，當然這六年更是我教育生涯最豐富、最充滿回憶的六年。

閱讀的推動在我來內中前，已經起步，可惜相對應的基礎設施卻極缺乏。當時的圖書館就像個倉庫——放了很多舊書的倉庫。學生進入圖書館，找一本書都不知道從何找起；要看本書，也沒有適當的空間。這樣環境，對當時積極推動閱讀教育的秀嬌老師來說，簡直巧婦難為無米之炊。看到秀嬌老師推著裝滿書的行李箱穿梭校園，看著秀嬌老師到處找點設置漂書站，再看到秀嬌老師在狹小空間的圖書館內剪剪貼貼，有時是學生作品，有時是製作學習單，有時是活動廣告，她的辛苦，我們都看在眼裡而想有所改變。

閱讀的好處說不盡，我和秀嬌老師都深切了解推動閱讀的重要性，秀嬌老師積極在課程的推動，我能做的便是讓圖書館基礎環境和設備俱足，於是便開啟我們圖書館改造計畫。浩大工程，設計、規劃、搬遷、施工，歷時將近兩年，終於讓圖書館呈現新風貌，最新的軟硬體設施終於讓師生都能有個閱讀的好環境，圖書館的落成，讓內中閱讀教育大步走。

秀嬌老師可說是內中閱讀教育的重要推手，設計多元豐富課程，結合環境教育、戶外教育、國際教育等，舉辦許多活動讓孩子有機會成為舞台上的主角，讓孩子有機會展現亮點。近年內中升學率的提升，和閱讀教育的成功有著密不可分的關係。

秀嬌老師將校內課程活動寫成一篇篇的報導文學，每項課程活動的紀錄詳實、豐富、精彩，獲得《國語日報》編輯青睞而屢獲刊登於樂學版，也因此讓更多人看見內壢國中辦學的認真，讓更多人知道原來閱讀可以這麼多元，閱讀並不是那麼嚴肅的一堂課，閱讀成為內中校園最美麗的風景——圖書館的任何一個角落都可以任由你隨意拿起一本書，席地而坐就是一上午。

內中閱讀教育最大特色是走讀。書上知識不缺，缺的是實際踏查與體驗，所以我們帶孩子走上大溪挑夫古道，想像早期挑夫們的辛勞；我們尋訪鍾肇政故居，魯冰花的無奈讓我們帶孩子理解弱勢生活樣態；我們走讀張學良故居，了解當時歷史背景與政治的糾葛；有將近二百年歷史的仁海宮更是我們了解社區宗教信仰最重要的所在。這六年，我們足跡遍及許多縣市，帶孩子走出教室的學習、探索、挑戰，讓孩子看見世界的美麗，唯有如此，孩子的心才會寬闊，孩子的視野才會遠大，孩子才會長大！

這幾年，秀嬌老師集結孩子作品出版四本作品集，如今，為了內中六十周年又將集結曾刊登於《國語日報》上的作品出版，為內中六十，邀請六十位師生及校友共同為此作品增添色彩，我能獲邀寫序，無比榮幸。內中璀璨六十前夕，我由衷感謝這六年的所有曾經，我們一起為孩子們編織的教育夢，逐步完成，也看見美好的結果。

要祝福內中校運持續隆盛，更期待在秀嬌老師耕耘下，很快又將會有另一部作品出版，讓內中校史再添精彩。

推薦序　欣見閱讀的種子成長茁壯

桃園市桃園國中退休教師　郭玉梅

一九七六年六月從高師大英文系畢業，學校送給每位畢業生一塊墨綠色大理石書鎮，上面刻著「經師人師」四個大字，就像學藝下山的小徒弟，帶著師父給的書鎮心法祕笈，投入我的教學生涯。

龍潭的凌雲國中是一所鄉下學校，班級數不多，學生特別樸實，有著客家人的刻苦耐勞。秀嬌的班級是精選過的女生班，上課時每個學生睜著求知若渴的大眼睛，閃閃發光，有剝有啄，教起來特別得心應手。記得，那時每天最喜歡沒課時，躲在輔導室批閱她們的日記，用筆和她們進行心靈交流，其中日記寫得最用心的就是秀嬌。有時她會糾結一些問題，這時我就會帶著日記回家和外子討論，然後外子會在我的評語之後加上他的，有時甚至洋洋灑灑一兩頁。

多年後我們師生重逢，秀嬌帶來當年的日記及我們往返的書信，她說這是她生命中最珍藏的寶藏。我翻開日記，看到其中一篇評語，外子寫道：「若要渡河，你要選擇下列何種方式？一、泅泳過河；二、等船來渡；三、自己造艘竹筏。」這是一番師生剝啄的過程，純粹用問題回答問題，激發學生辯證思考，最終秀嬌破殼而出，她選擇自己造船。

如今她揚帆破浪，帶領學生縱橫四海，從推動鼓勵學生閱讀寫作，擴及走讀家鄉探索大自然到城鄉共學，生態觀察與淨灘守護海洋，她翻轉教學，帶領學生走出教室，學習以山川土地為書本，深耕社區服務及環保，深入鄉土文化，走訪古蹟及有機農業，開拓學生視野胸懷天下，這種影響是一輩子的。就這樣秀嬌秉著一股信念，不計辛勞，夙夜匪懈，義無反顧，走在道的路上。在內中校長支持及一群理念相同的同儕共襄盛舉下，成績斐然，獲獎無數。

秀嬌是重感情念舊之人，在出書前夕，她很期待當年啟蒙老師的隻言片語，我看了她為學生、為社區做了這麼多的貢獻，除了佩服，更多的是感動，沒想到當年撒下的一顆種子，如今綠樹成蔭成林，造福那麼多人。秀嬌，我以妳為榮！

推薦序　張開閱讀的翅膀　帶你去飛翔

教育部閱讀磐石推手　薛慧枝

二〇二一年對多數人來說，是最壞的年代。因疫情，世界按下暫停鍵；但對秀嬌而言，卻是最好的時代。逆風而行，啟動圓夢鍵，再次付梓出書。

拜讀此書，心中滿是感動與敬佩。感動的是她引領師生，彩繪出風的顏色；敬佩的是她張開閱讀的翅膀，讓師生的夢想飛翔。

受到主管的賞識提攜，還有群「大內高手」支持鼓勵，彼此交會綻放閱讀光亮。此書不僅完成個人心願，還是內中的一塊璀璨瑰寶，一張完整的閱讀藏寶圖。

五年前曾在新竹員東國中，擔任教育部閱讀訪問教師，因緣際會促成二校「城鄉共學」的一段奇緣。彼此分享在地文化，參訪清泉部落、張學良故居和原住民族館；走進軟橋千人彩繪社區，看見客家語言奧妙；體驗多元文化幸福滿分。與秀嬌亦結緣於此，初識時即有股莫名的親切感，似久違重逢的故友般，熱絡至今。

秉著成功不必在我的想法，每當有好的活動訊息，皆不忘分享與她。而她也是最佳神隊友，我倆曾共赴位於山之巔的錦屏國小，也在線上與海之濱的烈嶼國中相會，用閱讀點亮一盞偏鄉微光。

像太史公寫史記成不朽巨著般，在閱讀田畝中開出繁花四季，結出豐碩果實。流暢的文字記錄下閱讀推動成果，是以無數汗水辛勤澆灌所得。內中獲頒二〇一八年「教育部學校組閱讀磐石獎」，她個人亦榮獲二〇二〇年「教育部閱讀磐石推手獎」的肯定。

她在閱讀課程教學上，信手拈來便成《國語日報》上的精采篇章。走讀教育多元豐富，「遠征式學習」更是美麗的「驚嘆號」！結合公益將真善美傳遞出去，引領學生用雙腳踩踏青春的音符，在大地上寫詩。

多年累積的文筆與精準到位的攝影技巧，淬鍊出瑰麗扉頁。國際交流活動，介紹台灣風土，溫暖異鄉學子。展現文化大使之姿，舉辦各式活動，讓這群異鄉遊子體驗在地文化、美食與美景，其腳蹤竟似移動的現代絲路。本人有幸參與部分活動，讀來更是滋味醇厚。

跨越北迴歸線的「糖粑崠咖啡」，在這方祕密基地，啜一口手沖咖啡，像極了她的閱讀人生帶著一股焦糖回甘的獨特口感。

天時、地利、人和，在內中這片豐饒土地上筆耕墨耘，開出珍珠般璀璨的寫作花朵，綻放一季豐收的閱讀果實。「落其實者思其樹，飲其流者懷其源」，緣於昔年兩位恩師的栽培鼓勵，促使她走上寫作之路。她謙和地將這份成就歸功於兩位恩師，再度出書圓夢，相信足以回報師恩。

「閱讀，讓我們看見世界的美」，打開此書，彷彿張開閱讀的一雙翅膀，神奇地帶我們任意翱翔；「寫作，讓世界看見我們」，秉持這個信念，燃起熊熊烈火，帶起校園寫作風氣，不僅照亮內中蒼穹，其非凡之成就，更是眾人難以望其項背的閱讀典範！

編著序　圖書教師的二千多個日子

推動閱讀　一圓人生大夢

從二〇一五年接任圖書教師以來，一轉眼二千多個日子過去了，回首這一路走來的點點滴滴，雖說「如人飲水，冷暖自知」，酸、甜、苦、辣一樣都不少，但是六年來溫暖、快樂的感覺還是佔據著我生活的大部分，感覺完成一個人生的大夢般的神奇美好。

還記得六年前，在我即將卸下導師職務的一個炎熱夏日午後，教務主任約談我，心中忐忑想著不會是什麼好事吧！主任一見到我還特別安撫我不是什麼壞事啦！談著談著終於說出重點——希望我接任「圖書教師」一職。當下我絞盡腦汁，無論如何搜索，都沒辦法找到跟這個工作相關的訊息，丈二金剛摸不著頭腦，跟主任說是否可以給我考慮幾天，只見主任一臉為難地說：「今天是遞送審查資料的最後一天，妳可以馬上同意簽名嗎？」就這樣誠惶誠恐、跌跌撞撞到現在感覺倒吃甘蔗，過了二千多個與閱讀交會互放光亮的日子。

幸運地，內壢國中有一群「大內高手」，讓我不是踽踽獨行，而是有一群夥伴協助支持與鼓勵。祺文校長六年前履新內中開始，帶領著各處室主任無事不與的他讓校務整體進步有目共睹，在閱讀教育的重視更是眾所周知，對我推動閱讀以開放、信任的方式給了許多揮灑的空間。還有各處室主任同心協力完成一個個不可能的任務，衷心佩服他們的毅力和過人的體力。又有一群力行閱讀翻轉教育的老師們攜手共備課程與時時溫暖的支援，共同為改變教育而努力。而今年夏天加入內中大家庭的益修校長，更是閱讀教育方面的重要推手，對於出版此書大力支持，給予莫大的鼓勵。若不是這麼多的天時、地利、人和，怎能給我及內中的學子完成夢想的機會。

經過了六年，我可以說：「因為閱讀，我們看見人生的悲喜、世界的寬廣；因為閱讀，我們的智能得以成長、也讓人生豐盈；因為閱讀，我們理解人類生活文明與文化特性。閱讀，讓我們看見世界的美！因為寫作，我們用筆敘說人生的喜、怒、哀、樂；因為寫作，我們用筆記錄世界各地的風土民情；因為寫作，我們用筆留下智慧的結晶、思想的果實。寫作，讓世界看見我們！」

發現世界之美　傳遞愛的種子

打開一本書，就好像打開一扇世界的窗。我們無法發現每件事情的道理，也沒有辦法走遍世界每個角落、看遍每一處風景，但是我們可以讓書籍帶著我們踏遍世界、穿梭古今，乘著文字的翅膀，盡情遨遊書海，來發現世界的美，我們就是用閱讀讓學生來發現這個多姿多彩的世界。

只有自己當一個喜愛閱讀的老師，才會有能量影響學生也喜愛閱讀。我在中學時期遇到了幾位喜愛閱讀的老師，他們對我影響至今未停歇，除了送書還鼓勵我寫作投稿，這些毫無疑問就是人生最棒的禮物！

像是國中一年級時的導師郭玉梅老師，時常送書作為獎勵，以名人奮鬥的故事激勵我們進取，潛移默化中達到楷模學習的品格教育。又以寫日記方式訓練我們的文筆，累積我們文字書寫的表達力。雖然老師只有教導我們一年，但她的影響力對我而言卻是一輩子的。曾經因為老師的調校，全班捨不得到哭得唏哩嘩啦。後來我還因此寫了三篇有關老師的文章投稿到報社，其中一篇甚至獲得「國語日報每月徵文」比賽全國第六名。玉梅老師對我在閱讀及寫作上的啟發，絕對是最重要的一個人！

而另一位影響我深遠的師長是魏新林主任，不知道他是哪兒來的勇氣，從我十幾歲開始就對我信心十足，時常從他家中汗牛充棟的書架中揀選出適合我閱讀的書讓我帶回家看，更時常送我有關寫作技巧的書籍（《作文七巧》、《寫作與投稿》、《作文的鳳頭與豹尾》、……），這樣的關懷一直到四年多前他去世。這段將近四十年的時間，每一次電話問候的末尾，他必定會問上一句：「最近有沒有新作品呀？」我都很不好意思的回答：

「有點忙耶！沒有時間寫呢！」一直到他去世之後才意識到：主任一直殷殷期盼著我在寫作上有所突破，不然他不會每年都寄來一本《林榮三文學獎作品集》。可能是因為這樣的一個期待吧！二〇一七年我開始記錄閱讀推動過程中的課程與活動，投稿到《國語日報》樂學版，已經累積有三十多篇。現在多麼希望能親口告訴主任：「我一直沒有忘記主任對我的殷切期望！要再次出書了！」

閱讀與寫作教學並進　化為文字的彩蝶

當上老師之後，很自然也愛用書當獎品送給學生，畢業多年的學生，念念不忘我曾經送書給他們，感謝老師用閱讀翻轉他們的人生。

國中時便投稿到報社的我，有了作品被肯定的甜美滋味之後，夢想著有一天可以出書，經過了三十多年（二〇一〇年），終於出版了個人第一本散文集——《編織人間情》。因為這樣一個「出書」的發想，靈機一動，也希望學生的學習過程中能留下一些美好的回憶，所以在這幾年間陸續主編出版了四本學生作文集。

閱讀與寫作在我的教學生涯是重要的部分，除了閱讀課程指導之外，更積極指導學生寫作投稿報章雜誌。而「寫作」絕對離不開「閱讀」，就如同做菜一般，要有新鮮、創意又靈活的素材，才能別出心裁、包羅萬象，而閱讀推動正好給圖書教師提供學生既能閱讀又兼顧寫作的方向。為了讓學生成為小小作家的夢想得以實現，從愛閱讀、愛寫作做起，以身作則，成為學生的榜樣。

閱讀推動有成效　看見無限可能

擔任內中圖書教師至今，因為全校親師生閱讀動起來，學校團隊二〇一八年獲頒「教育部學校組閱讀磐石獎」、二〇一七及二〇一九年分別榮獲「全國學校經營與教學創新KDP標竿獎與特優」、二〇二〇年更喜獲「教育部教學卓越金質獎」。另外，個人也得到二〇二〇年「教育部閱讀磐石推手」的肯定。

在閱讀與寫作的氛圍裡，將許多精彩的閱讀課程及活動形諸文字，投稿至《國語日報》樂學版獲得刊載，除了讓世界看見我們之外，也希望這是另一種形式的「愛轉動、愛傳遞」。如今將這些篇章集結出版，像是為自己在閱讀推動及教學生涯做階段性的報告一般，一段師生共同完成夢想的旅程。

這本《復華一街的奇蹟——閱讀的無限可能》有著內壢國中全體親師生許多美好的回憶，謝謝這一路走來遇到的人事物。特別感恩為這本書專文寫推薦序，長期致力於閱讀推動教育的前輩們——教育部全國圖書教師輔導團召集人昭珍教授、投入閱讀教育不遺餘力的益修校長、有著滿滿能量實踐力的祺文校長、對我影響深遠的國一導師玉梅老師、閱讀推動上最佳拍檔平鎮國中慧枝老師，還有許多閱讀推動的先進們溫情支持。閱讀，讓我們發現世界之美，也讓我們看見閱讀的無限可能，讓復華一街這所瀰漫濃濃書香味的校園，有著一〇八課綱——適性揚才、終生學習——無窮盡的精采悸動！希望我們也可以有像《第56號教室的奇蹟》這本書中的雷夫老師一樣的教學熱忱與理念，用閱讀翻轉孩子人生的方向，給學生帶得走的能力，創造教育奇蹟！

目次

圖書館改造　開創學習新氣象

翻轉教育　改善閱讀空間刻不容緩

在閱讀教育不被重視的年代，幾乎所有的國中、小學的圖書館是又老又舊又醜，經過教育部及各縣市政府及學校各方十多年的努力，已漸漸地改善各校的閱讀空間，也充實了各種軟硬體的設備。

在閱讀推動之初，我們從環境營造與閱讀資源整合著手，有效運用校內外部資源，讓學生享有美好的閱讀環境。本校圖書館空間原本侷促狹小，八十五班的大校只有兩間教室大小的藏書及閱讀空間，書籍擺放位置過高，致使學生進入圖書館意願不高。在老舊圖書館尚無整建經費來源之時，要如何吸引大家來喜歡借閱書籍呢？改善閱讀空間絕對是第一要務，進而才能迎來翻轉教育的春天。

結合眾人之力　強化閱讀軟硬體設備

我們努力活化、美化校園及教室閱讀空間。首先清除圖書館牆面上老舊的標語，取而代之的是活潑可愛的壁飾，閱覽室桌上妝點小盆栽，又於閱讀廊道擺放色彩繽紛的彩虹椅，每班設置班級閱讀角及校園漂書站、行動書車，還有在師生經常通行的走道牆上廣設布告欄，張貼學生閱讀成果作品或優秀文章，在在都是想利用視覺上的變化來吸引學生關注的目光，使校區處處皆是美好溫暖的閱讀空間。

幸運地，我們可以在校長、主任及市府與議員多方積極努力下，爭取整建經費，將老舊圖書館改造，並朝向圖書館E化建置。圖書館改建歷時近兩年完成啟用，美麗舒適又充滿藝文氣息的閱讀空間迅即吸引大批學生湧入，或是借閱書籍，或是沉浸書海中。還有效利用經費，規劃資源共享機制，整合學校、家長及民間團體資源（誠品書店、華成出版社、日月光半導體公司贈書），成為本市第一所「圖資銀行」，為全校師生及社區民眾的閱讀挹注了豐富厚實的助力，讓大家可以享受寧靜舒適的閱讀環境，提升學習品質，享受閱讀樂趣。

改建期間，為了搬遷圖書館不計其數的書籍，多少繁瑣又耗費體力的打包搬運的工作，在全校師生及志工媽媽齊心協力下，充分展現團結力量大，一起完成這項艱鉅的任務！在硬體建設完成之後，內部細微的工作才正要開始。由於是一座E化圖書館，所以每一本書都需要貼上防盜感應磁條，電腦系統也要同時設定對應書籍之條碼，好幾萬冊的書籍從編碼到上架擺放正確位置，真是超級不簡單！

圖書館設計別緻　配合閱讀推動主軸

這座圖書館雖不是全新打造，但絕對可以說是獨一無二的設計，在全校師生心目中名為「本市國中最美圖書館」也不為過。因為我們邀請長期在學校擔任書法課程的郭素老師，將其書畫作品作為設計的元素，讓圖書館充滿著濃濃的藝文氣息。有南宋詩人翁森〈四時讀書樂〉的詩句，也有四季景物——春紫藤、夏蔬果、秋菊、冬梅的水墨畫。配合本校閱讀推動的主軸——「內壢四射、幸福百閱」，所謂的「四射」，除了光芒四處綻放之外，還有「四時」讀書樂之意；而「百閱」則是包羅萬象的閱讀內容，如同登臨「百岳」一般，視野寬闊，爬得越高看得越遠、越廣。

閱讀推動　實現學校願景

在這全新的閱讀場域，有了豐富多元的各類書籍，還有人手一台平板的設備，可以進行圖書館資訊教育課程，舉辦圖書館尋寶活動、TED演講及好書介紹比賽、各類型主題書展、食農教育抽抽樂、健康促進有獎徵答、學生作文集的新書發表及簽書會……等許多結合閱讀的課程與活動。其他，諸如辦理教師閱讀教學知能研習或讀書會，聘請閱讀推廣有成之校內、外專家或組織蒞校演講，都因為這座溫馨美麗的圖書館而完美起來，致使整個校園洋溢著濃郁的書香。

圖書館有如一所學校靈魂的中心，唯有完善才能充實老師的教學資源並改變學生的學習成效，讓我們可以朝著學校願景——「健康、快樂、希望」前進，閱讀能讓人越來越有智慧，閱讀更能讓人發現世界的美好。本校所有行政團隊及各領域教師，將閱讀列為學習的一部分，引導學生讀出競爭力、創造力及帶得走的能力。

1 寧靜舒適的閱讀環境
2 充滿藝文氣息的新圖書館
3 東南亞主題書展
4 圖書館搬書接龍

小作家就是我　師生齊心出版作文集

成為小作家　實現出書夢

將自己寫的文章集結出版，應該是很多人夢寐以求的事。內壢國中的學生很特別也很幸福，幾乎每兩年就會有一本學生作文集出版，讓學生有成為小小作家的榮耀感。

從中學時期就大量接觸課外書籍的我，一直有一個夢想就是「出書」。尤其讀到大文豪徐志摩的文章時，非常羨慕與佩服，想像著有一天若成為名人，那一生所寫日記、書信或任何的隻字片語一定成為有價值的資料，我便天真的用心寫日記、週記、作文，還以書信會筆友磨練文筆，並且將這些文件一直小心翼翼地保存至今。二〇一九年教育部舉辦「憶起教師節」活動，我國、高中時期的作業受邀展覽，真的沒想到曾經認真書寫的作品可以成為歷史的見證。教育部部長、次長都對我的作業簿翻看了好久，大概也勾起了他們年少時的一些記憶吧！可見當時我為出書而努力的夢想竟成為意外的收穫。

文章出版　成就滿滿

二〇一〇年在因緣際會之下，終於實現年少時的願望，出版了一本《編織人間情》的小書，興奮之情溢於言表，後來靈光一閃，何不為學生也出一本書？因此，便在自己任教的班級開始蒐集學生優秀作文，並鼓勵學生用心書寫，讓他們也有一個成為小小作家的期望，結果再一次夢想成真，順利地在二〇一三年出版第一本學生作文集——《那一年，我們十三歲》。

之後推而廣之，向校內國文科老師徵求各班佳作，於二〇一五年出版第二本學生作文集——《少年十五二十時》。有了這兩本作品集的廣大迴響與好評，和學生獲得成就感的鼓舞，讓我更加鼓足勇氣，向學校建議舉辦每月徵文比賽，每月訂出主題舉辦徵文比賽，有三百多人次參與了這項活動，學生的潛力被激發出來了，許多作品讓人驚豔。就這樣，二〇一七年第三本學生作文集——《青春，在下個街角》出版了，二〇二〇年第四本學生作文集——《我把青春寫成書》也出版了。

出版學生作文集感到最開心的就是：學生得知自己的文章可以出書之後的那份喜悅與成就感，那是比中了第一特獎還要高興的一件事，更是一份金錢所買不到的快樂，不僅榮耀了自己更榮耀了父母，這些都是讓我堅持下去的動力。

書名投票　全校踴躍

《青春，在下個街角》及《我把青春寫成書》兩本作文集，提供文章的學生都有將近百位之多，另外也收錄幾位老師們的創作，讓閱讀寫作全校師生一起動起來。還有，值得一提的是這兩本書的書名，是經過全校師生共同票選產生的。我們先向全校師生徵求書名，結果都有三、四十個非常有內涵及深度的書名出來角逐，投票過程十分踴躍且競爭激烈，於下課時間看到關心選情的同學頻頻查看得票數，還有催票與拉票的情形出現，真的看出大家對出版作文集的積極與熱中。最後兩本書分別由陳祿紅及李作舲同學提供的書名獲得最高票，讓出書這件事將全校師生的心連在一起。

作文集出版　小作家簽書會

當作文集付梓印製完成送達學校後，我們又為書中的小作家們辦了一場新書發表會與簽書會。幾乎每個月都會投稿的品慈說：「我好喜歡寫文章，不僅有稿費拿，還可以出書成為作家，太開心了！」孟慈雖只參加過一次徵文比賽，但在簽書會時也喜悅地說：「當作家簽名的感覺真好！」在學生畢業前夕，送給他們一本全校師生的文章合輯，可說是最棒的畢業禮物，代表他們在內壢國中最美好的共同回憶。

1
2 3
4

1 書中小作家合照
2 學生踴躍參與票選活動
3 新書發表暨簽書會——最佳畢業禮物
4 已出版之四本學生作文集

多元展能　用繪本來發聲

圖文創作　圓出版繪本夢

圖文創作有時比單純的文字表達，更能生動展現撼動人心的力量。本校積極參與國立公共資訊圖書館的「圓夢繪本計畫」及桃園市「影像扎根計畫」，讓學生有機會用繪本傳達許多社會大眾關心的議題。例如：環保、性平、多元文化、霸凌、生涯發展、和平正義……等。透過創作讓學生不僅加強自身對眾多議題的了解，作品完成後也可以分享更多閱讀者，還讓學生實現當個小小作家的願望，是學生多元展能非常棒的機會。

閱讀課我們設計了繪本創作的課程，讓學生大量閱讀各種不同主題的繪本，再教導故事情節編寫公式的七大步驟：「從主角的目標、遇到的阻礙、如何努力達成目標、第一階段的結果通常不太好、有什麼意外或外力阻撓、主角克服後目標有了變化到最後的結局」，有了這些故事發展的概念之後，才進行故事情節構思的部分。

創作議題多元　滿滿成就感

學生創作的繪本觸及許多議題，于蔓的《擁抱自己》聚焦在自我認同，佩岑創作的《星星男孩》探討的是性平議題，綵婕著眼於家庭親子關係的《愛會消失嗎》，還有《人魚之家》、《瓶子漂流記》、《LOOK》是海洋環保議題的呼籲，《無尾熊上學趣》鼓勵快樂學習，《守護和平與正義》看見挺身而出維護正義的勇氣，《兔兔北漂去》描繪生涯發展的心路歷程，《拉拉山的遺產》大聲疾呼重視山林的永續發展，《藻不到的樂園》更是對面臨工業發展可能遭到破壞的海洋生態的一個警訊。這些作品都典藏在國立公共資訊圖書館的圓夢繪本資料庫中，還有實體書籍的出版，學生拿到自己的作品時，超級有成就感呢！

非「動」不可　e畫築夢

桃園市影像扎根計畫除了製作動畫之外，同時出版繪本。所謂：「非『動』不可，e畫築夢」。小組成員除寫劇本、手繪故事情節外，還要配上電腦動畫後製技巧。動畫跳脫平面手繪方式，增加3D繪圖、逐格動畫等多項科技技術，一秒鐘動畫須繪出二十四張畫面。原稿二十張的畫面共延伸出七分鐘的影片，還要將對話錄音、配樂等嵌入，期間光是劇本就修改了十八個版本，主角更換三次畫者，不合乎標準的部分打掉重練。兩期影像扎根計畫的指導老師（世堰、靜怡、秀鳳、育誠、姵娟、瓊文）與學生不斷修正磨合，好不容易歷時一年半才完成一部作品！

堅持理想　完成不可能的任務

讓人感到繁瑣的還有：學生必須將有動態感的畫面，繪製三到五張。如果要呈現眨眼動作，須畫出張眼、半闔眼及閉眼最少三張不同圖案。臉部喜怒哀樂的變化，也要一一畫出表情套用。要呈現手腳四肢的動態感，必須分別拆解畫出關節部位。背景若有不同，要用綠幕（色彩嵌空，是一種去背合成技術）處理，全都是專業的學問，多麼不簡單！本校師生參與兩期的影像扎根計畫，出版《蜜在薑南》及《工作專賣店》兩部動畫繪本，都是超級不可能的任務！

流淚撒種　必歡呼收割

創作的確是艱辛的過程，但學生都熬過來了。昊廷說：「在專業的錄音室錄音感覺非常緊張，完成後聽到的聲音很細緻，跟手機錄製的效果差別好大！」繪本主要的畫者嘉筠說：「在繪圖的過程中找了許多相關資料，經過這次團隊創作，更加深自己以後朝著美感藝術方面發展。」最後的成果發表是開心的——「流淚撒種的，必歡呼收割。」我們將繪本中圖案以熱燙印方式製作手提袋，義賣增加其附加價值。更有成就感的是可以用繪本來傳達理念、為環境或弱勢者發聲，小小學生可以發揮影響社會的大大力量，是最有意義、最有價值的一件事了！

1 開心將辛苦繪製的作品捧在手上
2 將作品商品化創造更多附加價值
3 進錄音室為動畫錄音配樂
4 絞盡腦汁構思繪圖

跟著表藝老師的台步　完成戲・夢人生

戲劇社　萬事起頭難

本校戲劇社五年前由表演藝術葉庭甫、黃靜怡、李施穎老師共同成立，之後陳家祥老師繼續指導，期間還有雪茹、陸懿、昱君、念潔、純怡、淑媛、靜宜等跨領域老師執行製作、角色訓練、音樂伴奏、文本閱讀，甚至服裝設計、梳化與排練、書法題字等等的協同教學。所謂：「萬事起頭難」，要用最克難的場地及道具，還要與一群乳臭未乾，沒有什麼人生歷練的青少年以戲劇談人生的各種議題，著實是一件很有挑戰但有意義的事情！

戲劇入門　摩拳擦掌

孩子進入戲劇社後，除了一週十小時的社團與課後排練，在這期間我們邀請過知名導演王小棣、默劇大師姚尚德、曲藝趣教遊葉怡均老師，為全校七、八年級學生作戲劇表演及演講，來引發學生對戲劇的興趣及建立表演藝術的一些概念，由大師親身說法，讓他們體會藝術的「高度」與「廣度」。從小棣導演所編導的戲劇，我們看到藝術工作者觀察社會各階層人物的敏銳力是超乎一般人的，細膩地描繪小人物的各種形貌更是功力深厚。姚尚德老師以一張黑白二色的花臉及一襲黑白條紋衣，用默劇帶孩子觀看這個世界，一個人在近兩千人的禮堂，讓觀眾時而鴉雀無聲、時而又哄堂大笑，出神入化的演出，只有驚嘆佩服！葉怡均老師的〈定伯賣鬼〉，用說書方式一人飾演多重角色，一樣揪住大家的目光，掌聲、笑聲不斷。有這些大師們的經驗分享，小小演員們早已躍躍欲試、摩拳擦掌了起來。

戲劇表演常勝軍

因為我們的表藝老師都非常專業又認真，所以幾年下來我們是全國戲劇表演比賽的常勝軍。其中有榮獲國教署「網紅就是你——反菸拒檳」微電影宣導短片比賽特優的作品

——《與菸同行》、《如疫傳》，都是由貼近當時流行的戲劇改編而成的。《如疫傳》採時下風行的宮廷劇為主體，融入反菸拒檳理念，表達：菸癮「如」同瘟「疫」，癮頭難以戒除，繼而蔓延全身，一生終也回不去了！並以清史懸案——乾隆皇帝繼后烏拉那拉氏斷髮事件為發想而編此劇。主要角色為：性喜吸菸的乾隆皇、經常進獻不同菸種的令貴妃和不停勸諫皇帝不要吸菸的皇后、統領後宮的太后，分別為吸菸與反菸的兩大勢力，以及諸多神祕嘉賓深入淺出的演技呈現反菸理念。片中探討「二手與三手菸危害」、「吸菸導致菸焦油染黑肺部」、「雖以戒斷紙菸為由使用電子菸但卻不知內含有害物質」、「彩虹菸含毒品成分」等四大概念。

還有《紅樓夢The Red Rose in the Dream》、《昔字惜情》、《報告老師：媽呀！有鬼！》舞台劇陸續榮獲桃園市賽或全國賽的佳績。另外，舞台劇《紅樓夢》改編為《紅樓再夢》微電影，參加國教署學校性教育（含愛滋病防治）微電影競賽亦獲得全國特優。《紅樓夢》故事內容以古典小說為底本，融入二〇〇〇年發生的「玫瑰少年」葉永鋕事件改編而成，來探討多元性別霸凌的議題。我們將林黛玉這個角色融合成葉永鋕，改名為林黛宇，他是一位轉學生，轉學到二年甲班（林黛玉入賈府），開始他新學期的一天，讓永鋕化身為林黛玉並再次綻放於大觀園中。《紅樓夢》以玫瑰為意象，象徵我們的堅毅與熱情，以「ROSE」的「R（Respectfulness）」尊重、「O（Optimism）」樂觀、「S（Sympathy）」同理、「E（Equality）」平等展現於戲劇中。期許孩子透過戲劇教育，學習相互尊重與劇場的絕對服從性；以樂觀心態面對壓力、評論、社團與學業；以同理心關懷同儕及他人並學習合作；最後再以平等觀看待所有的人事物，並對性別教育能有所省思。

戲劇教育融合多元教育學習

劇作家莎士比亞：「世界是一座舞台，所有男女都只是演員，每個人退場進場，一個人在一生中要扮演好幾種角色。」庭甫老師說：「戲劇教育與各科跨領域學習」是我想給予孩子的學習目標，以Howard Gardner多元智能做發想——語文智能培養孩子的戲劇對話、文本的創作結合語文領域的寫作、《紅樓夢》古典文學導讀；空間智能培養孩子的場面調度、製作舞台設計與劇場美學的培養；音樂智能培養學生語言的運用、以及配樂的選用與學習歌唱；身體動覺智能培養學生練習不同的表演類型；內省智能以達「知己」，學習自己與角色的連結；人際智能可達「知彼」，使學生學習與同儕相處。透過戲劇教育希望孩子學習：解決問題能力、能問出「好」問題、產出創意性作品、培養同儕合作能力。確信我們的戲劇教育與十二年國教的「自發、互動、共好」不謀而合。

自國二加入戲劇社現在已經高二的子謙說：「加入戲劇社，是我最難忘的回憶。庭甫老師以古典小說《紅樓夢》為底本，融入葉永鋕事件，並改編為《紅樓夢》舞台劇。戲劇社對我而言是國中生涯中最璀璨輝煌的一場夢，畢業如同早晨的大夢初醒，面對離別的我們必須在黎明前努力記下這些珍貴的過程。兩年戲劇社記錄著我的成長與自我蛻變。時間的巨輪雖然不停地走著，但這朵玫瑰美好的芬芳，將會停留在玫瑰綻放時我謂之為——青春。這份作品讓我看見了屬於我的一頁以及屬於我的光輝。」孩子跟著表藝老師的台步，完成他們的戲．夢人生。

1
2
3 4

1 全國賽頒獎結束後大合照
2 戲劇社演出謝幕劇照
3 《如疫傳》排練
4 《如疫傳》彩排前老師為演員固定髮式

戀戀魯冰花　認識經典作品

台灣文學之母　鍾肇政經典作品

《魯冰花》這部文學作品是「台灣文學之母」鍾肇政於一九六〇年代完成的小說，內容主要敘述一個具有美術天分的男孩古阿明，活潑開朗的個性，樸拙天真的繪畫作品，但卻被埋沒於成人世界的偏見與名利之間，最終還因病而早夭的故事。經過二十多年以後，小說又改編成電影，《魯冰花》因而成為家喻戶曉的作品。小說完成至今超過六十年，雖然現在的學生對小說文本並不熟悉，但是看過電影《魯冰花》的卻不少。

踏查欣賞魯冰花

近年，桃園市於每年二月底三月初都會舉辦「戀戀魯冰花」的活動，我們帶著學生也進行了一次認識《魯冰花》的活動。有小說文本閱讀、電影欣賞，還有實地走讀魯冰花

（譯自英文Lupinus，路邊花）的活動。這「路邊花」的意思與故事中古阿明的悲劇命運相互輝映，凸顯出一個時代的社會問題，而美術老師郭雲天內心交戰傳達現實與夢想的隔閡，將讀者的心緊緊地扣住，思索著教育的意義——天才的命運被壓制的教育埋沒了。時間經過了幾十年，我們的教育改變了多少？雖然許多老師為翻轉教育努力著，但也還有不少學生被考試與成績壓抑著，這是教育還須改變的地方。

比較小說與電影之異同

我們設計一系列完整的課程，從《魯冰花》的電影欣賞作為引起動機，並配合《魯冰花》小說的閱讀，兩者完成之後讓學生比較小說與電影相同與相異的地方，做一番省思與批判。當然對有「客家母親花」之稱的魯冰花，我們想要感受它對大地的貢獻，也實地走訪了龍潭大北坑，了解魯冰花在茶樹間生長凋謝後成為滋養茶樹的養分，就跟母親在家庭無怨無悔犧牲奉獻的傳承一樣。欣賞著黃色魯冰花的同時，幾位學生唱起了膾炙人口的〈魯冰花〉歌曲：「天上的星星不說話，地上的娃娃想媽媽，天上的眼睛眨呀眨，媽媽的心呀魯冰花。家鄉的茶園開滿花，媽媽的心肝在天涯，夜夜想起媽媽的話，閃閃的淚光魯冰花……」采津說：「《魯冰花》電影很好看！我一邊看一邊掉眼淚呢！」怡敏說：「黃色小小的魯冰花，好美喔！沒想到它其實是犧牲奉獻滋養茶樹的植物。」

走訪鍾肇政文學館　認識國寶級作家

這位「國寶級」的「台灣文學之母」於二〇二〇年五月中旬以高齡九十六歲辭世，讓一向行事低調的鍾老先生的生平事蹟及作品，有再次被大家重新認識的機會。他是「大河小說」寫作的先驅，是戰後第一代創作力旺盛、作品豐富的作家，一生即是台灣文學史的見證。

一部文學作品的故事內容，和作者的成長背景與生活經驗或多或少有一些相關，所以我們對生於桃園龍潭的本土作家鍾肇政當然也要有所認識。學生走進龍潭客家文化館的「鍾肇政文學館」，和一直致力於發揚客家精神、提攜台灣本土作家的鍾肇政生平事蹟與著作近距離接觸，面對著這位九十六歲高齡的「鍾老」著作等身的作品，且對台灣文學具有舉足輕重影響力的重量級作家，真是敬佩萬分！學生對這位充滿著文學熱情的鍾老爺爺有著非常好奇的探索行動力，仔細地看著他的所有文物及生平介紹。

雖然《魯冰花》是一部年代久遠的小說，但故事內容歷久不衰，電影也讓人百看不厭，更重要的是故事傳達的批判精神，批判我們的社會、教育、人性……，讀著讀著就掉下眼淚了。品熹在分享時說：「在古阿明還沒得獎時，只有郭老師認為他是天才。」魯冰花凋謝了會再開，但天才殞落了，會為我們留下些什麼嗎？

1 全班共讀《魯冰花》
2 全班共讀《我的老師鍾肇政》
3 參觀鍾肇政文學館
4 魯冰花前唱〈魯冰花〉

作家有約　看見做工的人

邀請暢銷作家菈校演講

《做工的人》在二〇一七年時是一本暢銷書，在出版當時即造成轟動，因為題材新穎、故事有張力，又能發掘社會邊緣弱勢族群被剝削的真相且為其發聲，跳脫讀者對一般書籍喜好的類別，這是一本沒有被書寫過的社會圖像與關切過的人物故事，讓人耳目一新又寫實報導的散文集。

因為書籍的銷售極佳，讓作者林立青意外爆紅，各種邀稿、演講、座談不斷，很快地獲得電視編劇及導演的青睞，在二〇二〇年五月搬上螢幕，跟隨而來電視連續劇收視長紅，在在都說明了這本書所觸及的勞工人權議題——「艱苦人疼惜艱苦人」被長期的忽視，終於浮上檯面讓眾人關注了。由於從書籍到戲劇都屢創佳績、好評不斷，電視連續劇再度於今年六月重播，甚至還有舞台劇搬演的計畫。這麼特別的一本書究竟有什麼樣的魔力如此受歡迎，當然要介紹給學生閱讀一探其究竟。

作者林立青監工出身　喜愛閱讀

作者林立青以工地監工出身，無疑是「做工的人」的最佳代言人。立青大學念的是土木工程系，他自稱就學期間不愛念教科書，也不喜歡考試，因此選擇土木系，但人生的際遇就是非常奇妙，因為不是熱門科系，所以多了許多自在學習的時間。而讓人驚嘆佩服的是立青並沒有因此自怨自艾或荒廢光陰，反倒是利用閒暇時光到圖書館，大量閱讀許多台灣文學作家賴和或黃春明等人的作品及更多的世界文學名著，像是：托爾斯泰、狄更斯、雨果、杜斯妥也夫斯基……等大文豪描寫反映社會底層小人物生活遭遇的書籍，成就了他於日後在工地監工的同時，為了替這些小人物發聲，而能用筆很精準的描寫做工的人的種種樣貌，讓我們從他的文字中看見社會最基層的勞動者如何面對生活的貧病與掙扎，也看到階級的不公，因為心疼他們的苦難，所以為他們寫下生活心酸與辛苦打拚的故事，為謙卑努力活著的小人物找回存在的價值與生命的尊嚴。

立青是我的學生　與有榮焉

很特別的，作者林立青是我二十多年前的學生，得知自己的學生成為暢銷作家，哪有一個老師不感到與有榮焉的呢？有了這一份特殊的師生情誼，立青毫不猶豫地於百忙中抽空到內壢國中為學生們進行一場「作家有約」的演講。

通常作家演講前學生必定先行閱讀作者書籍，還要對作家的生平事蹟瞭若指掌，所以全班共讀《做工的人》一書不可少，還加上學生自主蒐集尋找作者資料，甚至先觀看電視連續劇，以期更全面的掌握我們所想傳達給學生「職業無貴賤」與尊重、理解「做工的人」長期被歧視或忽略其權益的一個理念。所幸學生在經過老師的說明與指導之後，都能用開放的心胸接納社會上不同職業的人，也能理解各行各業有其在專業領域上的價值。

傳達職業無貴賤　尊重專業素養

課程進行之前，我們讓學生提出自己對工人的印象，悅恩認為：「對工人的刻板印象就是很黑、很亂、很窮、便當、泥土、卡車、水泥、打架……，但深入了解之後，事實並非都如此。」而在聽完演講後，柏鈞向作者提問：「若在工地遇見外籍移工要怎麼克服溝通的問題？」作家回答：「大多運用比手畫腳的肢體語言，用很破的英文或奇怪的單字溝通，但有時移工的英文能力也很差，乾脆拉著他們跑。」晨桓則說：「自己的阿公以前也是個工頭，所以在看《做工的人》一書時，特別有感觸，雖然阿公不希望子孫當工人，但我覺得做工沒有什麼不好。」

這一系列的閱讀課程與生涯教育結合，打開了學生不同視角對職業的認定及思考方向，同時也對各行各業抱持著「職業無貴賤」的觀念，還有尊重專業的素養能力，更用同理心去看待做工的人所面對的不公平待遇給予關懷，相信學生一定有很豐盈的收穫。

1 學生聽完演講紛紛跟作家拍照
2 作家與學生互動熱絡
3 林立青精彩吸睛的演講
4 全班共讀《做工的人》

營造閱讀情境　開啟讀報風氣

讀報教育是內壢國中閱讀課程裡不可或缺的一環，我們先從一份報紙如何誕生及報紙版面的基本要素教起，像是報頭、報眉、報號……等的位置，以及如何分辨版名、版序，再說明每個版面內容的主要屬性，還要教導新聞事件的閱讀及寫作分析，從新聞三要素（標題、圖說、新聞稿）到倒金字塔的寫作方法，再找出新聞中的5W1H，讓學生對報紙有一個全面的認識與了解，這是我們讀報教育的基本課程。

用報紙討論時事

當學生都熟悉報紙的內涵之後，學生閱讀任何一份報紙都可以掌握重點及自己的喜好，不僅可以達到閱讀事半功倍之效，也可以快速地從報紙上汲取世界各地發生的事件及各類知識，正所謂：「秀才不出門能知天下事。」

我們也會針對某一新聞事件讓學生加深加廣的閱讀，並深入分析新聞背後還有什麼值得探討的議題。像是巴拿馬與我國斷交事件，我們分析不同報社不同立場的報導，讓學生不至於被一家媒體的報導所壟斷，訓練學生更具批判及分辨是非的能力。甚至藉此機會讓學生認識巴拿馬這個國家在世界佔有什麼樣的交通、經濟與政治上的地位。所以學生在上完讀報教育課程之後，不再只是平面閱讀一個新聞事件而已，他們可以有更多面向去認識這個世界。

閱讀心得抽抽樂　神祕禮物成助力

除了讀報之外，我們每一學期都有剪報比賽及閱讀心得抽抽樂的活動，其中「閱讀心得抽抽樂」是學生的最愛，原因是我們的獎品很特別，有老師自製的茶葉蛋、草仔粿、紅龜粿、南瓜竹筍包、南棗核桃糕，也有現成的乖乖或糖果餅乾，還有異國美食印尼泡麵。我們在每學期閱讀月的最後一個星期會連續五天抽出投稿的幸運學生，每天頒發不同的神祕禮物，有很多未知的期待及運氣為這個活動增添了許多趣味。由於投稿的人數眾多，禮物時常加碼再加碼，總是希望有更多的學生可以獲得小禮物，為平凡的學校生活增加一些小確幸。

期待登上報紙版面　樂於寫作

還有一項更特別的是學生將《國語日報》樂學版報導內壢國中閱讀課程與活動的內容剪下來，再書寫成心得投稿，學生看到自己的學長姊或同學被刊登在報紙上的篇章，除了興奮地閱讀之外還有更多的羨慕，多麼希望下次自己也有機會登上《國語日報》。因此，我們在校內進行閱讀課程或推展起閱讀活動時，學生都格外起勁。楟諭寫道：「看了〈共學在地文化　開拓學生寬廣視野〉這篇，不禁也想參加像這樣的活動，走出戶外讓學習不至於死氣沉沉，可以了解原住民及客家文化，不僅有趣，還學到有意義的知識。」星妮說：「〈小作家就是我，師生齊心出版作文集〉這一篇，不只讓學生感受到寫文章的樂趣，還能體驗當作家簽書的欣喜。」沛辰和承恩都說：「每一次學校舉辦健走我們都有參加，現在已經三年級了，老師一定要寫文章把我們的照片一起投出去哦！能被刊登在報上感覺很酷耶！」果真，在學生畢業前，他們的夢想都實現了。

一個讀報「閱讀心得抽抽樂」的活動，我們看到學生因閱讀而產生快樂的氛圍，處處顯現閱讀是「真的展現、善的循環、美的成果」。

1

2 3

4

1 閱讀心得抽抽樂的神祕禮物－南瓜竹筍包
2 閱讀心得抽抽樂的神祕禮物－草仔粿和紅龜粿
3 認真書寫讀報心得
4 圖文並茂的剪報心得

讀報教育之旅　激發閱讀寫作熱情

用讀報跟上世界變動的腳步

生活在現在資訊量大爆炸的時代，獲得即時訊息與快速跟上世界變動的腳步最好的方法，除了上網搜尋資訊之外就是「讀報」了。對中小學生而言，《國語日報》及《中學生報》能提供豐富多元的知識，成為每位孩子成長中唾手可得最好的閱讀題材。

在我們十分重視讀報教育的七年級的課堂上，閱讀教師都會讓學生先從認識一份報紙的誕生開始，再進行對報紙版面編排的了解及說明每個版面內容的特性，讓學生能夠在最短的時間抓住想閱讀的內容。又為了讓學生有更深刻的體會，我們帶學生實地參訪國語日報社，在編輯老師生動活潑及互動遊戲的課程中，學生對報紙從記者採訪新聞到撰稿，再由主編選取最具報導價值的新聞刊出，選稿、組版、美化版面、校對、製版、印刷等過程，必須即時且環環相扣，可見一份報紙要送到讀者手中是多麼不易與辛苦！

參訪國語日報社　更歡喜讀報

實地參訪報社的收穫還真多！可以進入編輯台作業與辦公的地方，與主編面對面的接觸，原本遙不可及的神祕感也變得親切近人。讓人驚嘆的還有到報社地下室三樓看到的印刷廠，有超大轉輪的印刷機及體積龐大、遠從芬蘭進口、噸位超重的捲筒空白報紙原料，加深大家對一份報紙產出的敬意，因此，往後看報紙可要懷著一顆感恩惜福的心才好！

有了參訪報社的經驗，讓教師更積極的推動讀報教育，設計編輯採訪攝影、5W1H撰稿練習、上台分享讀報內容、剪報閱讀心得寫作……等課程，一套讀報課程即能訓練學生聽、說、讀、寫的各項能力。芷軒說：「從小到國中第一次參加剪報比賽，花了一整天努力做的剪報獲得優等，這是我最棒的成就了！可以證明我的用心。」儀榛說：「我喜歡讀報剪報課，心得寫好之後，加上一些些貼紙及小插圖，讓我拿到在內中的第一張特優獎狀，真是樂開懷！」而上台分享讀報心得的語綸說：「看到閱讀老師寫的文章登在報紙上，還有學姊、學長或同學的照片在上面，真酷！我也要認真讀報來訓練文筆，以後也要嘗試寫文章投稿。」

在運用3C產品來消磨時間比紙本閱讀還吸引人的時代，我們不斷的推陳出新，設計兼具趣味性與知識性的閱讀題材，無疑地，報紙是最適合的媒介。

1 參觀報社印刷廠
2 學習5W1H新聞撰寫技巧
3 學習編排報紙版面
4 編輯主講精實的讀報課程

疫情時代　讀報來一趟「偽出國旅行」

過去一年多，全世界在疫情肆虐下風風雨雨中渡過，原本希望今年疫情可以趨緩，結果新冠肺炎病毒株不斷變種，危害人類更加劇烈，全球確診人數不斷攀升，死亡人數多達幾百萬人，讓大家人心惶惶。所幸台灣防疫得當，甚至有「全球防疫模範生」之稱，雖然陸陸續續仍有境外移入案例及零星本土病例，但都能在全民遵守衛福部指揮中心的防疫規定及醫護人員的努力之下，而將損害降至最低，讓大家生活安心，如常上班、上學與出遊。

閱讀中學生報　發現台灣之美

《中學生報》419期漫畫版主題是「偽出國跨年」，這一個切合時事的主題，正好可以在假期中來進一步實施，於是設計了一套課程，一解假期中想要出國度假又不可能的苦。首先，以簡報來介紹台灣類似國外著名景點的地方。例如：基隆「正濱漁港」的彩虹屋類似義大利「威尼斯布拉諾彩虹島」、嘉義阿里山鄉「得恩亞納部落」斜斜屋頂的建築很像日本「岐阜縣白川合掌村」、馬祖的「芹壁村」錯落參差的石板屋襯上碧海藍天也媲美希臘愛琴海浪漫的「聖托里尼」、金門「沙美老街」沙黃色頹屋也有讓人彷彿置身北非神祕國度「摩洛哥」的感覺……，看了這些景點，不禁驚嘆台灣雖是個小島，但卻是不折不扣的「美麗寶島」啊！

觸發聯想　發掘更多美景

有了《中學生報》這一主題的報導，讓人還聯想到台灣其他類似異國風情的地方，像是：苗栗「泰安烏嘎彥竹林」，修長參天的綠竹林一點都不遜於日本「京都嵐山竹林之道」的優雅；「三義的火炎山」及「林口水牛坑」，更有台版「美國大峽谷」之稱；「草漯沙丘」和「香山沙丘」一樣都有「台版撒哈拉沙漠」之稱。哇！真的是不需出國就可以欣賞到的異國景物。當簡報停在烏嘎彥竹林的這張時，去過此祕境景點的育誠，非常興奮地分享他到過此處的心得：「那裡的竹林好整齊，是一位警界退休的先生，把靠著竹子、竹筍養活好幾代人的祖產地，每週花三天時間加以整理，免費提供大家遊憩。」聽了實在感動，也看見了台灣人情之美！

與課本所學結合　讀報更實用

因為時常讓學生閱讀《中學生報》，許多無預期的觸發就不知不覺產生。除了報紙提供的旅遊景點之外，我們希望透過更深入的課程延伸，讓學生再去發掘聯想還有哪些地方也有「偽出國旅遊」的感覺。劉宓說：「淡水的紅毛城，是七年級社會課本台灣史提到已有三百多年歷史的古蹟，不僅記錄了近代台灣統治者或管理者，也可以看見荷蘭城堡及英國領事居家庭園建築。」的確，作為一級古蹟的紅毛城園區不僅讓人發思古之幽情，也讓人在參觀的同時可以好好的複習一下台灣這三百多年來在九個管理者治理下風風雨雨的命運。

這一堂「偽出國旅遊」，不僅可以提供學生假期出遊景點的選擇，促進家人親子的感情，還可以對台灣在地的美景及歷史更多一份關心與了解，期待學生在假期結束之後與我分享他們「偽出國旅遊」的見聞。

1 全班共讀《中學生報》
2 閱讀偽出國跨年漫畫完成學習單
3 苗栗烏嘎彥竹林酷似日本京都嵐山竹林
4 讀報介紹異國風情

停課不停學　線上讀報自主學習

突如其來的線上課程　挑戰師生資訊能力

在世界疫情普遍嚴峻的這一年多以來，台灣防疫一直是值得世界各國稱道的，但今年二〇二一年五月的這場疫情來得快又急，讓大家來不及防備而措手不及。原本再平凡不過的日常，卻在一夕之間有令人恍若隔世之感，各行各業惶惶不安，打亂了大家生活的步調。

國中教育會考在全國上下繃緊神經、小心翼翼中，雖然有驚無險地度過，但因疫情持續升溫，第二天即刻宣布全國九年級學生停課在家自學，時間僅僅才又過了一天，七、八年級也相繼宣布停課，讓正在進行第二次段考的七、八年級生及老師們，經歷有生之年第一次兩天段考時程被一分為二的窘境，在大家一陣慌亂與來不及反應的當下，學生被迫草草收拾書包回家，面對未來大家好茫然，甚至有些不真實與無助感襲上心頭。

停課不停學　線上讀報效果好

剛開始停課時，有些學生似乎有賺到了一段意外假期的感覺，但隨著時間過去，想要在短期間內回到學校上課似乎不太樂觀。所有老師、學生必須在最短時間內精進資訊技能，大家被迫要使用網路與科技，在家進行線上授課與學習成為必備能力，沒有了學校教室規範的在家自學模式，學生可以獲得不打折扣的學習嗎？此時，自主學習就顯得相當重要了！

《國語日報》與《中學生報》在「停課不停學」期間提供線上免費電子報的閱讀，彷彿是一場及時雨，正在老師們為備課而忙得焦頭爛額之際，給予師生快速便捷的讀報資源，幫助眾多學子在家就能學習新知與掌握天下事的便利。當閱讀課程把線上讀報的訊息傳遞給學生之後，發現學生閱讀電子報的意願與效果比起實體報紙更好。加上報紙內容包羅萬象，國際政治、人文藝術、家庭親子、自然生態、社會時事……，提供豐富且跨領域的知識，真是非常適合自主學習的刊物！

4F閱讀思考法　提升閱讀理解力

學生以電腦或平板閱讀自己感興趣的文章，教師以4F閱讀思考法指導學生寫下心得感想。像是子綾閱讀的是《國語日報》〈新北增310確診7區列28個重熱里〉這一篇，運用4F思考法寫下：

> 我讀到（Facts）——新北市多了很多確診患者，某養護中心傳出群聚感染。我覺得（Feeling）——最近疫情變得越來越嚴重，確診人數也不斷增加，希望疫苗早點到台灣，平息疫情。我發現（Finding）—全國進入三級警戒，要好好配合政府政策，不要群聚，以免害自己也害別人被感染。我將來（Future）——如果疫情還繼續延燒，我會配合政府的施政，好好待在家裡不外出，必須外出時，也會把口罩戴好，保護自己也保護別人。

以4F引導反思法來回顧故事、表達感受、發現問題、進而提出有效解決辦法，可以提升學生的閱讀理解能力。

另外，劉宓讀到的是〈多縣市暫停畢旅、戶外教學　採線上畢典〉，也以4F閱讀思考法寫下：

> Facts——各縣市所提出的各項防疫措施。例如：停辦各項活動、改為線上辦理……等。Feeling—在疫情嚴峻時期，所有人都很辛苦，配合政府要求，不要有太

多意見。但有一點我不甚認同：滾動式調整。我覺得疫情要止住要快速，突然改變要求容易造成困擾。Finding——我發現疫情期間有許多活動都停止了，對這些畢業生來說，無疑是可惜的。然而，健康最重要，還是希望不要有學校辦畢業典禮，造成疫情的擴大，也希望線上畢業典禮仍能留給畢業生們一次不錯的回憶。Future——現在的我所能做的有限，因此，我希望自己能一直待在家，不要出去添亂，盡全力管好自己；若是可以，我想給一直以來協助控制疫情的人鼓勵和感謝。雖然沒了實體畢業典禮，但身體能保持健康，就很值得慶幸的吧！

希望疫情快結束　回復實體課程

欣怡在閱讀了五月二十八日〈染疫死亡增13例　此波疫情首見壯年〉這篇報導後感謝醫護人員：「本土疫情肆虐，最辛苦的莫過於醫護人員了，不僅日夜照顧病人，且染疫風險也很高，但他們卻義不容辭，替大家站在防疫的第一線，真的非常感謝他們！希望疫情可以快點結束，讓大家都能回歸正常的生活。」昱安說：「我們台灣的疫情能守到現在，已經很厲害了！我們要好好感謝一直在衛福部指揮中心幫我們控制好疫情的指揮官陳時中部長，以及站在第一線的醫護人員，希望我們可以盡快撐過COVID-19的肆虐。」淑蘋說：「要防止疫情蔓延，人類必須接種疫苗，這是全球的共識，如此世人才能避免遭受感但疫苗分配不均，是當前務必解決的問題，我希望不要因為政治因素導致一些窮苦的國家沒有疫苗可施打。」

在疫情期間視訊課程比例很高，義鈜說：「學生線上學習衍生出一些問題，我覺得應該像文章裡寫的一樣，採混合方式的教學，才不會讓我們學生『課業學好了，眼睛卻壞了』的情況產生，學校線上課每節課都變成三十分鐘，下課三十分鐘，真是一個權宜的好方法！」

總之，這場疫情還看不到結束的盡頭，只有靠大家齊心做好防疫並等待疫苗施打的普及，才能早日遠離病毒危害，看見「如常生活」曙光那一天的到來。老師在「停課不停學」這段日子，雖然只能遠距視訊教學，但若能善用媒體素材或公播線上課程，相信學生的學習也可以不打折扣的。

1
2 3 4

1 師生線上課程精進資訊能力
2 停課不停學，餐桌上的閱讀課
3 教師進行線上讀報課程
4 停課不停學，學生以電子報自主學習

新年新字願　為心靈除舊布新

結合六書與書法

每個新年的到來，是歲末年終「除舊布新」的時刻，這種送舊迎新的改變不是只有外在環境的改變而已，我們希望每個學生的心情都有積極進取的轉變。所以，在閱讀課程設計上便與國文課程所學過的「六書」及「書法」做了結合，進行一項課程——新年新「字」願。

靈感源於年度代表字

先讓學生選出一個在新的一年最希望實現的字，例如：「勤」、「樂」、「進」、「愛」、「升」、「笑」、「轉」、「喜」、「高」……，再用字典或網路搜尋查出這個字所代表的意義、還要寫出包含有這個字的成語或諺語，以及說明為什麼選擇這個字做為自己的新年願望，最後將這個字配合六書造字原則與書法的文字之美，用色筆彩繪出來，一份個人專屬的「新年新字願」便完成了。

這個活動的發想是過去我們常看到報章媒體或網路手機公司，在一年即將結束的時刻會舉辦「年度代表字大選」活動，放眼望去「亂」、「黑」、「憂」、「苦」、「假」、「黑」、「貪」、「變」、「換」、「茫」、「疫」……，大部分是負面又消極的字眼，讓人看了不僅傷心，還非常沒有建設性，真是越看越沒希望與自信，因此我們想一改過去的思維，放下以往的失落或不切實際，希望學生向前看，積極面對未來，對新的一年有憧憬，期許自己一個美好的未來，讓學生選出正面積極的字來鼓勵鞭策自己，這樣不是更有意義與價值嗎？

用心擇字　替未來祈願

有學生選擇「魚」作為「新年新字願」，原因是他覺得目前生活與課業的壓力太大，希望像魚兒優游水中一樣的自由自在。還有學生因為愛跳舞而選擇「舞」字，希望即將來臨的舞蹈表演很精彩，在新的一年舞技也能更精進。而選擇「星」字的欣樺則是希望天空出現更多的星星，流星劃過天空時能夠許個願，又希望星星能指引迷途的人，「星」字給人明亮的感覺。子淇選擇「想」字，理由是一個沒有想像力的人，就像沒有靈魂的軀殼，

[illegible]希望自己可以更有想像力。乙欣選擇「夢」字，原因就是人要有夢想，才有努力和進步的動力；人若沒有夢想，有如沒有羅盤的船在茫茫大海漂泊一般。從這些積極正面的字來看，不難看出學生都對自己來年的新生活有很深的期許，並想努力以赴達成心願，或者是想擺脫束縛與跳脫一成不變的生活。

透過這樣簡單的課程設計，不僅結合了「六書」與「書法」的課程內容，還讓學生對自己的人生方向做了一番省思與期許，得到意想不到的收穫，這是另類的新年新希望。

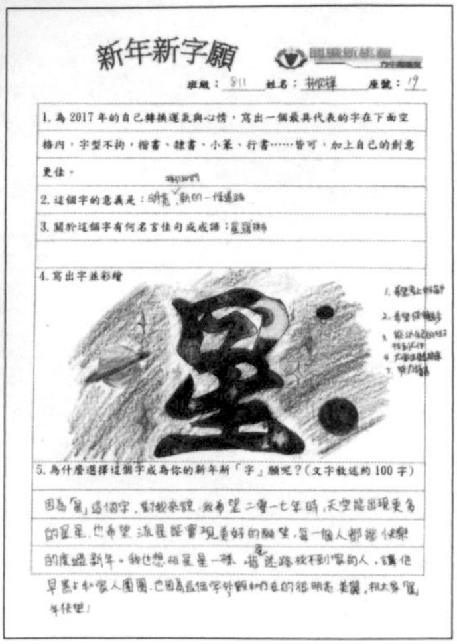

新年新字願

班級：811 姓名：[illegible] 座號：19

1. 為2017年的自己轉換運氣與心情，寫出一個最具代表的字在下面空格內，字型不拘，楷書、隸書、小篆、行書……皆可，加上自己的創意更佳。

2. 這個字的意義是：明亮、新的一條道路

3. 關於這個字有何名言佳句或成語：星羅棋布

4. 寫出字並彩繪

5. 為什麼選擇這個字成為你的新年新「字」願呢？(文字敘述約100字)

因為「星」這個字，對我來說，我希望二零一七年時，天空能出現更多的星星，也希望流星能實現美好的願望，每一個人都能快樂的度過新年。我也想和星星一樣，指引迷路找不到家的人，讓他早點和家人團圓，也因為這個字外觀和內在的很明亮美麗，祝大家「星」年快樂！

1 新年新字願參考書籍
2 學生分享新年新字願作品
3 課堂上習作新年新字願
4 新年新字願作品

來去體驗客家美食——草仔粿

自從二〇一五年推動閱讀教育以來，將「草仔粿」當作學生閱讀心得抽抽樂的獎品之後，許多學生都對「草仔粿」印象深刻，在完成閱讀相關作品之後，竟然異口同聲問：「獎品是不是草仔粿？超好吃的！」讓我會心一笑。

我知道許多現代的小孩不僅沒聽過、也沒看過草仔粿，更別說吃過，而內中的孩子如今看到我這個圖書教師，就會想到這一樣客家美食，可見食物的味覺記憶是多麼地有魔力。

上山尋找鼠麴草

「草仔粿」顧名思義就是用草做成的米食，所使用的外皮材料是艾草或鼠麴草與糯米混合。艾草是多年生植物，不受季節限定。而鼠麴草，要在初春沒有灑農藥的土地上才會生長開著黃色小花的野生植物，所以要找到這種材料並不容易。所幸在龍潭糈粑崠叔叔所種的苦茶樹園裡找到了這種野草。每年二月是生長季，二〇一七年的初春因為過於乾旱，鼠麴草長得疏疏落落的，但我還是決定帶學生來一趟草仔粿美食之旅。二二八連假濕濕冷冷地下著綿綿細雨，我們仍風雨無阻，不畏寒冷穿上雨衣，爬上小山坡，彎腰採摘，一會兒怕滑倒，一下子要顧籃子，好忙喔！還要眼明手快在一片雜草叢中找到目標，雖然都市學生走幾步路就哀哀苦叫，不過我相信這會是他們人生中無比難忘的回憶！

製作獨家草仔粿

採回來的鼠麴草先洗淨後再汆燙，撈起後放入強力果汁機打碎即可備用，若需保存則乾燥後置於冰箱冷凍較佳。學生跟著老師的步驟，將糯米粉、鼠麴草、糖及少許鹽再加適量熱開水一起混合攪拌均勻，直到糯米團不黏手為止即可開始製作，包好用菜脯米爆香的餡料後，就可以下鍋去蒸，二十多分鐘之後，好吃的草仔粿便完成了。看著大家吃著自己做的草仔粿那份嘴角洋溢幸福的滿足，真是一幅最美的畫面！學生拿著有獨家記號的草仔粿，小心翼翼地用袋子裝好並帶回家請家人品嘗。郁凱的阿嬤和薰文的媽媽當天晚上就傳FB給我，不只感謝老師帶孩子參與這樣的活動，還對草仔粿的好滋味讚美有加。

這項客家美食，不僅是清明祭祖必備的祭品，也是許多特色老街買得到的伴手禮，但是有些孩子卻從來沒有機會了解它，趁著這樣一次走讀活動，讓學生有一個深刻的印象與回憶，也讓這道客家美食的製作方法傳承下去。

1 品嘗美味草仔粿
2 糯米粉加上剁碎的鼠麴草
3 山坡濕滑，努力尋找鼠麴草
4 鼠麴草與草仔粿

義賣草仔粿、明信片　助偏鄉生讀報

在內中，全校師生都知道「草仔粿」在閱讀推動上具有的特殊意義，它是閱讀之後得到的實質獎勵，學生吃在嘴裡甜在心裡，非常的滿足，成為一份難忘的美食記憶。因此我們配合「423世界閱讀日」，舉辦「內壢．閱讀．四月天」閱讀月一系列活動，除了好言書籤、閱讀心得抽抽樂、閱讀角布置、走讀桃園、相聲、二手書捐贈……等活動與比賽之外，特別增加了「印象台灣——明信片製作比賽」與「親師生草仔粿製作」，我們將此兩項活動的成品義賣，要把這份全校親師生的愛心送到桃園市復興區的奎輝國小，提供《國語日報》閱讀的經費。

繪製印象台灣明信片

我們將學生手工繪製「印象台灣」的優美明信片印製成商品並加以包裝，在親職教育日暨園遊會這一天擺攤義賣。學生在製作明信片之前，經過了綜合活動課程的豐存老師指導，透過收集資料的同時，也對台灣的人文特色、秀麗風景做了一次深入的閱讀，作品呈現豐富多元、可圈可點的創意，讓人讚賞！每位獲得作品入選的同學，都非常開心興奮，因為他們從來都沒想到自己的作品竟然可以被製成商品並販售，最後還將所得捐出做愛心，這種被肯定的成就感是最美好的感覺。園遊會當天就邀請這些學生推薦叫賣自己的作品，效果異常驚人！

親師生動手做草仔粿

而草仔粿的製作則是選在園遊會前一天晚上進行，我們召募了家長、老師、學生約三十多人，在烹飪教室進行一次前所未有的客家美食製作活動。許多家長是帶著自己的孩子一起來體驗的，畢竟這也是許多家長、老師生平第一次製作草仔粿的經驗，超級認真起勁的！看著校長帶領家長、老師、學生同心協力的完成一個蒸籠又一個蒸籠的草仔粿，那份滿足洋溢在大家的臉上，而蒸熟的草仔粿直叫人垂涎三尺！在大家齊心合作下，三百多個草仔粿，只花了兩個多小時便完成。第二天的義賣活動，所有的草仔粿也被搶購一空，哇！整個活動的進行都比預期來得美好。

送《國語日報》到偏鄉

二〇一六年六月七日天氣晴朗，大清早由校長、主任帶領十位同學驅車前往復興區奎輝國小，經過一個半小時車程，終於抵達這所全校只有三十二名學生的迷你小學。我們帶著親職教育日當天的義賣所得，先贈送六月七日《國語日報》及象徵內中閱讀特色的「草仔粿」與「明信片」給奎輝國小的每一位小朋友，之後再送《國語日報》兩年份的經費到奎輝國小。奎輝的小朋友熱情天真又活潑，學校青山綠水圍繞，真是好美的一所學校！

本校參與表演的學生盡力將才藝展現出來，有相聲、說書、演書，讓學生有一個很難忘的學習經驗，感謝奎輝國小讓學生有展現自我的機會，讓學生的各項學習是快樂與有成就感的。

1
2 3
4

1 閱讀走讀傳愛，送報到山巔——奎輝國小
2 親師生共同製作草仔粿義賣
3 園遊會義賣盛況
4 家長會全力支持草仔粿義賣製作活動

食物銀行食在暖心　愛分享、愛傳遞

本校自二〇一六年起，由祺文校長、文義主任及秋貝組長發起成立「食物銀行」，其中物資由全校親師生及社區家長、扶輪社等善心人士提供，目的除了幫助校內隱性弱勢、清寒學生之外，還讓學生學習「人飢己飢，人溺己溺」的關懷精神，帶著日常生活物資與食物送至人安基金會幫助弱勢，甚至走入社區探訪關懷街友，提供他們食物及生沽必需品，達到社會共好和諧的目標。

微小力量　也能幫助他人

我們設計課程從募集食物、志工服務學習、參訪人安基金會，到帶領學生進入食物銀行參觀，讓學生了解辦理食物銀行的理念及目的。當學生認知到可以透過自己微薄的力量幫助需要幫助的人時，也會充滿喜樂地捐出一些零用錢來購買物品存放銀行裡。而清寒的學生以整理食物的志工服務來換取食物，讓這些家境清寒的學生在接受各方善心人士捐助的食物時，不會感到被貼上標籤的難為情，不是只有手心向上受人幫助而已，也能有「翻轉手心傳送愛」服務他人的貢獻。學生透過這些課程達到「助人為快樂之本」，讓大家閱讀到人性的真實情懷，讓孩子看見社會溫暖的一面，源源不絕的物資湧入，讓校園內時時充滿喜樂善意的循環氛圍。

食物銀行　成為特色課程

輔導室特教組結合食物銀行，作為孩子們職業試探的實習工廠，任課的茜卉老師移植特教學校的實際經驗，讓學習中心課程活化，帶著學生進入食物銀行，讓學習中心的孩子學習分類整理及食物上架等課程，雖然是小小的學習，但帶給學生是更多的感恩及惜福。另外，許多導師會利用班級經營機會跟學生分享食物銀行理念，募集愛心零用錢來贊助食物銀行，並由祺文校長親自解說接待參觀，校長非常感佩智評老師的帶領以及感謝同學們接力傳遞與分享愛。這樣充滿正面能量的食物銀行已經成為內中非常重要的特色課程，在二〇一七年已獲得「全國學校經營與教學創新KDP標竿獎」的殊榮。

愛與善意　體會人情溫暖

本校「食（實）在暖心——食物銀行」的愛是持續接力與分享的，藉由校內志工的細分類清查，我們依照與人安基金會（中壢站）站長的協定，將即期品送至人安基金會，讓志工大哥可以即時烹煮給街友們享用，所以我們創造的是不浪費捐贈物資的愛分享、傳遞愛的循環。

在每年聖誕節前夕，文義主任會帶著學生及校長的聖誕節祝福卡片及食物銀行的物資，送給長期照顧復興區巴陵在華陵醫療站服務的「安娜修女」，讓安娜修女將物資乾糧包成聖誕禮物，再送給後山三個部落居民們。

而內中童軍團學生，也發揮童子軍精神，曾經到中壢中正公園發送食物給街友們，其中一位街友因此重新站起來，由街頭流浪到人安基金會中壢站擔任管理志工幹部。這些愛的循環與力量，讓人好感動！再次真實發揮內壢國中為「愛分享、愛傳遞」的傳愛學校。

1
2 3
4

1 校長代為接受學生的捐款
2 學生整理物資以志工時數換取食物
3 領取物資的母子背影
4 童子軍夜探街友

走讀家鄉　探索大自然

實現健康、快樂、希望願景

傳統閱讀限於書桌前、教室內、圖書館，但知識學問如此浩瀚廣大，獲得知識的方法已經不再僅限於靜態的閱讀了，所謂：「百聞不如一見」。所以，除了「讀萬卷書」之外，也要「行萬里路」，甚至，有時行萬里路還勝過讀萬卷書呢！

有鑑於現在的學生常受3C產品的影響，缺乏活動筋骨的機會，眼睛又長時間近距離使用，也少了與家人互動的機會，走出戶外不失為一種最好的解決之道，充分達到本校願景「健康、快樂、希望」的學習目標。

觀察實作　寓教於樂

透過觀察與實作，讓學生對課本以外的知識更加深刻，在「寓教於樂」的過程中，學生學習帶得走的能力。鼓勵家長與孩子一起來參加走讀活動，增進親子互動與情感的聯繫，讓家長可以更了解孩子的人際關係與學習能力，更藉此機會親師接觸，讓家長支持並放心孩子的學校教育。認識在地古蹟、人文、生態、環境、產業、海洋、地質……，讓學生對於「生於斯、長於斯」的地方，更加了解與認同，不僅增長知識，進而關懷人文與愛護土地，達到和諧的社會氛圍。

我們甚至推動「遠征式學習」，已經連續三年在寒暑假舉辦五天四夜或四天三夜的「為愛健走百里長征」，足跡遍及美麗寶島的許多角落，有：「台東到花蓮的花東縱谷海岸」、「彰化員林至日月潭的中台灣」、「龍潭至豐原的浪漫台三線」、「內壢到觀音藻礁及草漯沙丘海岸」、「竹圍漁港至新屋石滬區的桃海淨灘」。每一場遠征式的學習都考驗著學生的體力、耐力及毅力，尤其這些走出課室的學習結合慈善服務的精神，學生在榮譽心的醞釀下，面對挑戰的勇氣超越我們的想像，讓人驚嘆佩服！例如：學生在五天的淨灘活動中，白天頂著豔陽走在發燙的沙灘上，晚上則住在附近小學或在海水浴場露營，遠離舒適圈、冷氣房，增加挫折忍耐力，真的是一項自我極限的大挑戰。我們知道一趟百里的健走對他們的生命長度而言或許只是個「頓號」，但對他們心靈豐盈的程度來說應該是個「驚嘆號」！

學習帶得走的能力

本校的走讀教育多元豐富，深獲親師生的好評與喜愛，報名人數踴躍，因為大家都感受到活動帶來的喜悅與甜美果實。從二〇一五年開始，我們舉辦了許多一或二日行程的走讀：「楊梅茶業改良場採茶、製茶、品茶體驗」、「鶯歌陶瓷博物館參觀與陶瓷彩繪體驗」、「桃園忠烈祠、聖蹟亭、白沙岬燈塔古蹟之旅」、「稻米故事館、龍德米庄、慈心教育農場食農教育」、「龍潭咖啡農場生態體驗及草仔粿製作」、「中壢母親河老街溪、觀音藻礁海洋生態觀察」、「大溪老街牌坊、百年石板挑夫古道巡禮」、「龍潭大北坑魯冰花、鍾肇政文學館」、「觀音保障宮、甘泉寺廟宇文化」、「台灣版撒哈拉沙漠──觀音草漯沙丘」、「平鎮花彩節割稻飯」、「新屋碳索生活館的環境教育」、「最接近上帝的部落鎮西堡山野教育」……。每一次的活動課程都經過精心設計，配合「環境教育」、「家庭教育」、「生涯教育」、「品格教育」、「美感教育」、「文史教育」、「大山教育」、「國際教育」、「食農教育」，真正落實「寓教於樂」。很多的經驗若沒有走出課室是無法體會的！

走出戶外，學習帶得走的能力，大自然就是一本無字的書，需要我們用雙眼、雙手、雙腳親身感受，所得到的收穫更是超越書本知識。我們帶著學生、家長、老師，甚至高關懷的學生，讓大家有更多的交流與學習的機會，所以，每一次的活動都看到大家幸福快樂的笑容與滿滿的回憶。「內壢國中走讀教育，真正讚！」

1 桃園忠烈祠古蹟參訪
2 慈心教育農場體驗農家樂
3 認真採茶的學生
4 陶瓷彩繪培養美感

藻礁生態觀察之旅

結合閱讀與環保，422世界地球日的前後，本校落實海洋教育來到大潭電廠附近藻礁區作生態的觀察與淨灘。

在活動行前，我們為所有七年級學生邀請專家做了一場藻礁生態與保育的演講，讓學生對桃園海岸的珍寶「藻礁」有初步的認識。也針對參與活動的學生，做更詳細的課程說明與詩歌朗誦——吳晟〈只能為你寫一首詩〉。這首吳晟的詩作，所表達的正是為了守護海洋、愛護家園而向大財團（國光石化）開發彰化大城、濁水溪北岸的潮間泥灘地所做的最悲傷、最無奈的抗議。吳晟說：「多麼希望／我的詩句／可以鑄造成子彈／射穿貪得無厭的腦袋／但我不能／我只能忍抑又忍抑／寫一首哀傷又無用的詩／吞下無比焦慮與悲憤……」。我們透過閱讀與朗誦詩歌，讓參加的學生更清楚知道環境保護的重要。

千年藻礁面臨工業開發的危機

桃園的海岸生態與台灣其他許多地區一樣，都正遭到工業發展所帶來的汙染與破壞，我們所走訪的地點就在大潭火力發電廠附近，此處還清晰可看到一條高銀化工用來排放有毒物質到大海裡所留下來的暗管。一九八二年，台灣發生的第一起鎘米事件就在桃園觀音大潭，而此汙染事件只是序幕，緊接著彰化、台中、雲林……等地都陸陸續續傳出鎘米、鎘汙染，成為台灣農地難以撫平的創傷。農地一旦遭到鎘汙染，就只能長期休耕，要徹底解決，必須花很長的時間。台灣海岸多處規劃為工業區，工業發展與環境保護如何兩全其美，一直是人類生存難解的課題。

台灣本島海岸線長約一千一百多公里，有藻礁分布的海岸不到五十公里，桃園的「觀新藻礁」是全台最大、生長最完整的藻礁地形，存在時間超過四千年以上，最古老的藻礁也有七千五百年之久。桃園海岸曾經擁有二十七公里的藻礁地形，但因為工業廢水汙染、海岸過度開發、泥沙沉積嚴重，目前藻礁僅存約四點五公里。

提起珊瑚礁，一般人並不陌生，珊瑚礁和藻礁都是生物造礁，最大的差別在於珊瑚礁是「動物」造礁，而藻礁是「植物」造礁。藻礁由無節珊瑚藻（又稱殼狀珊瑚藻）吸收海水中的鈣質堆疊形成碳酸鈣的礁岩，因為無節珊瑚藻是附著於岩石上薄薄一層的紅色海藻，造礁過程緩慢，十年還成長不到一公分，比起珊瑚礁平均年成長一公分，實在是非常稀有特別，可說是地球環境變遷所遺留下來的珍貴紀念物。

藻礁是魚蝦貝類的育嬰房

這麼珍貴的藻礁地形就在我們的家鄉——桃園海岸，當然要帶著學生一起去觀察她多樣豐富的生態。由於藻礁多孔隙的地形，是各種水中生物幼苗的育嬰房，也是許多海洋生物最佳的棲息地。我們趁著潮水退去，觀察棕色的礁體，彷彿潮間帶生物的集合住宅區。在專業講師的帶領下，我們看到了許多魚、蝦、蟹、貝類、螺類，有珠螺、畚箕螺、笠螺、燒酒螺、牡蠣、海扁蟲、短槳蟹、蚵岩螺、蝦虎、兇猛酋婦蟹……好多好多，目不暇給，只要隨手翻開鬆動的石頭背面，就可以發現附著於石頭上的各種生物。學生每發現一個新物種就急著找講師尋求答案，雖然我們生長於四面臨海的島嶼，但卻對海洋生物所知不多，可見我們海洋教育的嚴重匱乏。這麼重要的藻礁地形，一旦遭到破壞，海洋生物棲地減少，其對環境的影響更可說萬劫不復了。

齊柏林導演曾於高空中拍攝桃園藻礁地形，那一片粉紅色的礁體有如一顆遺落海中的美麗珍珠，她是鑲嵌在國門口的一顆璀璨珍珠，深具世界自然遺產價值的地方。但這美麗的景象，卻因為附近工業區及大潭電廠的開發，漸漸蒙上了一層淡淡的哀愁。最近因為桃園大潭電廠要增設發電機組，中油也要在觀塘工業區興建天然氣第三接收站，屆時恐將破壞大潭藻礁區珍貴地景，希望藉著我們的關心重視，可以將這件計畫開發案重新思考其利弊得失。

守護海洋　淨灘愛地球

觀察生態的同時，海灘上大大小小垃圾數量比我們所看到的海洋生物要多出很多，因此，我們能看到一些與環境爭取生存權的寄居蟹或貝類，已經是彌足珍貴了。如今海邊的生態物種，我們必須非常辛苦地尋覓才能窺見一二，數量真的少得可憐！在觀察完藻礁生態之後，我們還可以為地球盡一點棉薄之力——淨灘。世界地球日這一天，與我們一樣關心海洋的，還有許多學校單位與教師團體，讓這一天的海岸邊處處充滿著熱血與活力。我們內中的祺文校長與兩位主任及多位老師也和我們攜手清理海灘上的垃圾，學生們更是努力的把海邊看得到的垃圾徹底清除。羽歆拿著超大塊的保麗龍，采津帶走馬桶蓋，幾位同學聯手挖一個深埋在沙裡的超大垃圾桶，更有許多同學徒手挖起深埋在沙裡的陳年布塊與塑膠袋。每個人都賣力地想要帶走所有不屬於海洋的東西，就是希望還給地球一個乾淨的容顏。

珍愛藻礁留言版　呼籲守護藻礁

面對漸漸消失的海洋珍寶，我們帶著學生近距離地親近它，除了參加的四十多位親師生可以實地踏查之外，也設計「珍愛藻礁留言版」的活動，在永安漁港用餐及參觀新屋農業博覽會時，請學生對遊客與路人做藻礁生態的解說，讓更多人知道海洋生態保育的重要。在訪問的過程中，佩珊說：「知道與不知道藻礁的人大約各一半，有些人很樂意回應我們的提問，也很關心我們的海洋生態遭到破壞，而願意呼籲更多人一起來重視環保而留言並簽名。」采津說：「這個活動不僅訓練我們跟陌生人說話的膽量，還可以用我們小小的力量去影響更多的人，真是非常有意義！」

看到學生們愉悅觀察海濱生物的滿足笑容，意猶未盡、捨不得離開的神情，真心希望這片美麗的藻礁海岸可以永續地被保存下來。回程的路上，大家雖然有些倦容，但是能為地球做一點點的貢獻，相信大家應該都是非常開心的！

1 這藻礁大概已經有五千年的歷史了
2 大小螺類的殼是寄居蟹（群聚習性）的家
3 專注觀察藻礁生態
4 紅色部分為無節珊瑚藻（又稱殼狀珊瑚藻）

不一樣的夏天　頂著豔陽淨灘

桃海淨灘　守護海洋

二〇一七年暑假才放了十天假，本校「綠色校園體驗社」，在文義主任、野鳥學會吳豫州理事長的帶領之下，有二十多位學生在七月十日至十四日參加了五天四夜的「桃園海岸淨灘」活動。學生各個頭戴斗笠、揹竹簍，從桃園最北邊的竹圍漁港出發，到新屋綠色隧道海岸劃下句點，真正「用腳愛台灣、用手護海岸」。五天時間，學生沿著海岸線撿拾海灘上的塑膠袋、保麗龍、寶特瓶、海漂垃圾，並向原本應該是美麗的海岸說聲抱歉。此行除了淨灘，還有另一項「保護小燕鷗」的宣誓活動。沙灘上我們看到燕鷗生下的蛋，為了免於人為破壞，我們的學生在堤防邊綁上愛護小燕鷗的布條，希望到海邊的遊客可以一起重視，並加以保護這些遠從南半球飛越幾千里而來為繁衍孵育下一代的小燕鷗。

台灣環境資訊協會曾以一年時間踏查與訪視全台三百三十八個海岸據點，遴選出台灣最美、最值得守護的九處自然海岸地區：桃園草漯沙丘海岸及觀新藻礁海岸、苗栗苑裡沙丘海岸、彰化大城濕地海岸、屏東滿豐後灣海岸、台南四草海岸、屏東南仁漁港至台東南田海岸、花東石梯長濱海岸、宜蘭海岸。其中桃園市僅四十六公里的海岸線竟佔了兩處，但這兩個原本應該美麗的海岸，卻充斥著人為製造的水漂及海漂垃圾，讓數百種海洋生物意外吞食甚至死亡，人類在口腹之慾的貪婪下再撈捕體內有塑膠微粒的魚類食用，最後受害的還是人類。希望透過這次桃海淨灘行動，可以喚起大家保育的觀念與愛台灣的動能。

頂著豔陽　挑戰學生意志力

學生在五天的淨灘活動中，白天頂著豔陽走在發燙的沙灘上，晚上則住在附近小學或在海水浴場露營，遠離舒適圈、冷氣房，增加挫折忍耐力，真的是一項自我極限的大挑戰。一個學生說：「在觀音海水浴場露營那天，晚上既悶熱又有大蚊子侵襲，一整晚沒睡，第二天淨灘時好累好累喔！」還有一個學生說：「晚上睡不著，可以看看北斗七星、聽聽海濤，真是永生難忘！」雖然每天都會聽到他們數饅頭似的倒數活動時間，但他們仍然意志堅強持續下去，沒有人半途而廢，再大的太陽、再高的氣溫也擊不倒他們。攤販在旁邊，他們也徹底實踐「減塑」，不喝一瓶保特瓶飲料，真正力行愛地球行動，真的要為他們如此年輕就創造不一樣的生命喝采。

這次的活動最重要的是，給桃園海岸線一個希望，還給海岸一個美麗的容顏。學生有責任為守護海洋而來，同時也在海灘上聽聽海的聲音、看看夕陽、逐浪戲水，更學習了未來核心素養能力的關鍵技能，讓學習與生活結合，透過實踐力行而彰顯學習者的全人發展。讓學習不再只是以學科知識及技能為限，而是可以適應現在生活，也具備面對未來挑戰的知識、能力與態度。

1 世界地球日淨灘
2 揹起竹簍淨灘
3 放置擬真小燕鷗
4 小燕鷗保護區

守護陂塘　發現失落的水晶

千陂萬塘　宛如散落一地的水晶

有「千塘之鄉」美譽的桃園，曾經擁有八千八百多口陂塘，最早可考的陂塘是二百七十多年前就開鑿的菱潭陂（龍潭大池）。在石門水庫及桃園大圳未完成之前，桃園台地的農田灌溉用水都得靠這些由先民一鑿一斧挖掘而成的陂塘蓄水，但隨著灌溉水源取得的改變，陂塘的需求不如以往，逐漸改為休閒觀光或養殖魚類、家禽用池，甚至將其填平蓋起樓房，還有的作為光電綠能種電的用途，現在所剩陂塘已不及全盛時期的三分之一。

千陂萬塘星羅棋布於桃園台地之上，已故導演齊柏林生前從高空俯瞰，形容這些陂塘「宛如散落一地的水晶，閃閃發光」。如此美麗的陂塘，承載著許多桃園人的記憶，更是許多野鳥或候鳥落腳佇足、棲息覓食的好地方。我們憂心這樣的美景會越來越不容易看見了。因此，二〇一九年的寒假，趁著候鳥過境這些陂塘的時候，帶著學生走路健行二十多公里，一起「守護陂塘、發現失落的水晶」。

守護陂塘　發現失落的水晶

活動行前，我們邀請野鳥學會吳豫州理事長為學生上一堂「守護陂塘」的課程。讓學生知道台灣擁有全世界十三分之一的野鳥，原因是位於候鳥南北遷徙的主要路徑上，而桃園的陂塘提供了牠們棲息與覓食的絕佳地點，如此珍美且得天獨厚的賞鳥條件是其他地方所少見的，值得我們好好守護。

我們靠著雙腳沿路經過中央大學內的石門大圳過嶺支渠，了解四通八達水圳的功用，還看見一口正在「歲修」的陂塘，才知道陂塘也需要休養生息，將水抽乾清淤泥、曬太陽殺菌、加有機肥養殖魚蚪，上了一堂教室裡永遠都無法學習到的自然生態課。在走了十二公里之後，到達了最佳賞鳥地點，這口陂塘有許多冬季候鳥及野鳥，像是大（中、小）白鷺、蒼鷺、埃及聖䴉、高蹺鴴、綠頭鴨、紅頭潛鴨、紅冠水雞、黃頭鷺……，多達十幾種不同的鳥類盡收眼底，飛翔的優雅姿態美不勝收，這樣的美麗景緻不是親眼目睹無法形容。

用手、足、眼、耳、心　感受桃園陂塘的美麗與哀愁

為了不驚擾野鳥，我們活動全程都是步行，除了用緩步健行訓練體力之外，還能用我們的手、足、眼、耳、心感受桃園陂塘、田園風光之美，這是現代學生很難體驗得到的活動。我們的孩子失去太多的自然，大部分學生從來不曾一天之內走如此遠的路程，但他們即使腳酸疲累，也不願意上補給車，因為孩子們都想證明自己做得到，想要挑戰自我的極限，以能走完全程為傲。

雖然我們用輕鬆如遠足、踏青的心情探訪桃園顆顆閃閃發光如水晶的陂塘，但此活動的目的在「教育」我們的孩子——「守護陂塘」，尤其看到陂塘因推展綠能而種電的畫面，一隻野鳥都沒有的陂塘那再也不是水晶陂塘了！睿琥說：「雖然走了很遠的路很累，但可以看到這麼美麗的陂塘及野鳥，非常值得！」羽柔說：「看見被種電的陂塘，有一種工業蓋在陂塘上的概念，是不自然的陂塘，更破壞了生態。」希望活動過程中所見的一點一滴都能永遠深植在學生的心中，播下一粒粒愛護自然生態的種子。

1 陂塘歲修—曬陂塘
2 陂塘豐富的野鳥生態（高蹺鴴、白鷺鷥、蒼鷺、雁鴨）
3 講師解說沿途桃園大圳歷史
4 被種電的陂塘沒有生機

減塑減碳愛地球　前進碳索生活館

新聞時事切入主題　關心氣候暖化

近年來極端氣候、全球暖化越來越重，世界各地此起彼落的災難不斷發生。像是瞬間強降雨造成的洪災、沒有停歇的森林大火、海水升溫致使極地冰山融化、……，在在讓人類與許多地球生態物種受到空前的生存威脅，但這一切的不幸跟人類過度使用地球資源有著密不可分的關係。渺小的人類對來勢洶洶的天災，難道就只是坐以待斃、束手無策嗎？

課堂上我們從一則新聞事件切入主題：二〇一九年三月十五日一位十六歲的瑞典少女葛莉塔．通貝里，她以罷課的方式在國會殿堂外靜坐，抗議氣候變遷及在聯合國氣候峰會上激憤痛斥與控訴，引發媒體報導、輿論聚焦討論。這項「週五為未來而戰（Fridays for future）」的罷課行動引發全球一千七百個城市的學生響應，成千上萬的學生為了要求政治人物對氣候變遷採取具體行動而走上街頭，台灣也有七所包含大學、高中、國小的學生響應。雖然國中學生沒有用罷課方式來表達抗議，但是本校在閱讀課的課堂上讓學生進行了一系列瞭解極端氣候及減塑減碳的課程，希望學生可以從這場罷課行動中受到啟發，一起關心氣候暖化問題。

閱讀課強化環保意識並身體力行

課堂上除了讓學生閱讀環保議題相關書籍，還觀看世界各地發生的颱風、野火、熱浪、洪水、乾旱、冰融……等令人怵目驚心的災難影片。例如：澳洲的叢林野火燒掉無數居民的家園及成千上萬的袋鼠無尾熊、極地冰層融化使北極熊獵食困難而自相殘殺以自己的同類為食物、颶風洪災襲擊下滿目瘡痍的城市及無助的居民……等層出不窮的悲劇。一幕幕恐怖的影像凸顯出：人類真的好像無計可施的小綿羊，任憑這些氣候異常變遷的狡猾大野狼伸出無情的魔爪肆虐，但仔細想想，難道這些悲劇都是無法避免的嗎？為了更深化學生環保愛地球的觀念，我們邀請桃園市環保局環教繪本說故事列車的志工們到校服務，更在每學期的閱讀月舉辦環境教育繪本創作比賽。

我們一定要在地球環境還沒惡化之前趕緊做出補救，即使我們用趕不上氣候變遷的速度教育學生，還是要腳踏實地的扎根環境教育。我們也走出教室帶著學生到新屋「碳」索生活館體驗戶外課程，無非是想利用實地參訪與手作來加深學生對環保的意識。這座位於桃園新屋的「碳索生活館」是我們多次走訪的學習場域，分別有「碳索野餐之旅」、「海好有你一起行動」、「碳索生態水噹噹」、「碳索水水新生活」四套課程，提供學生對節能減碳的認識與體驗。

碳索館看見減塑減碳可能性及實踐方法

其中，有一堂以製作蜂蠟布來代替保鮮膜或紙杯使用的課程，先將蜂蠟在平底鍋中加熱，再將棉布放在蠟油上，直到蜂蠟吸附均勻，一塊防水又可以重複使用的保鮮布即完成，這一實作課程讓學生體悟生活中處處存在減塑減碳的可能性及實踐方法。又透過海洋廢棄物對於生態環境與生物的影響，帶領學生了解海洋環境所面臨到的垃圾問題。碳索館將撿拾收集的海洋垃圾排列組合，作成如圖畫般美麗的藝術品以及「深海食堂」的盤中食物，若不仔細看，還真的會被那美麗的圖像所欺騙，好一個「美麗的哀愁！」當那些垃圾變成的藝術品擺在眼前，還真是令人震撼的畫面！

為了地球的永續生存，我們面對不可預知的大自然反撲，已經到了不得不使全人類共同重視的地步了。瑞典少女葛莉塔．通貝里在呼籲全球「抗暖」而罷課的行動，最關鍵的控訴就是：「未來都不在了，何必要上學？」因為嚴重暖化造成的極端氣候，已經影響地球上所有物種的生存，每個地球公民都有責任避免這一天的到來，我們一定要徹底實踐減塑減碳，才是愛地球、愛人類的表現。

1 用蜂蠟製作完成的保鮮布
2 學生創作出版的環教繪本
3 以海漂垃圾設計深海食堂的擬真食物
4 環保局環教繪本說故事列車

城鄉共學　幸福有約

本校規劃走讀課程已經持續多年，每每活動都帶給大家滿滿的能量及充實的收穫，因此我們將這樣的學習課程與新竹縣的員東國中共享，成為「城鄉共學」的夥伴學校。二〇一七年我們參與了教育部推展的「城鄉共學計畫」，這在升學壓力相對比小學端來得大的國中而言，應該是很勇敢與大膽的舉措。畢竟，這要花更多時間與人力規劃沒有前例可循的創新課程，並且要有一群傻傻做事與吃苦耐勞的團隊才能完成許多不可能的任務。

城鄉共學　分享在地文化

首先，我們要克服的是兩校教師須協同教學與各自發展特色課程的困境，期望設計出來的課程與活動是最能展現學校亮點與具特色的在地文化；其次，兩校行政須協商在假期中舉辦走讀活動，讓學生認識家鄉、文化尋根、守護海洋……等，其中細節繁複可想而知；再者，招募有意願參與的學生，須家長同意，做到安全無虞，重重挑戰考驗著我們。最後，達成大家共好、彼此分享在地特色、豐富多元教育的目的。

城鄉共學首先登場的是走讀中壢母親河，我們利用十一月的一個週六假日的時間，邀請員東國中師生三十多人到中壢進行一日的走讀交流活動，其中一個課程就是「認識老街溪」。老街溪有中壢人的母親河之稱，她的流域範圍包含桃園市的龍潭、平鎮、中壢、大園四大區域，因流經中壢老街，故取名為老街溪。

為了迎接遠道而來的客人，行前我們做了許多準備活動。首先我們讓參加的學生用手繪明信片先寄給員東國中的學伴一張邀請函，寫上祝福語問候，讓活動當天彼此不會感覺太陌生，可以一見面就有話題可以聊，而對方學伴也寫小卡片作為回禮，讓雙方互動一開始就熱絡了起來。

中壢母親河　老街溪的前世今生

又為了讓員東國中的師生很快地認識老街溪，我們在活動前二十天先帶領本校學生到老街溪做一次深度踏查。從二十多年前老街溪河面加蓋建成商場及停車場說起，因為加蓋後日積月累的垃圾，造成河道阻塞不易發現及清除，每逢大雨便成中壢人的夢魘。在二〇一三年時有了「大掀蓋計畫」，拆除河面上建築物並將河道整治了一番，成為讓居民可以親近的一條河流，讓消失已久的水鳥可以在此棲息覓食，還給大家一個休閒散步的好去處。另外，也先了解附近人文景觀，如：老街溪兩旁短短的幾百公尺內就有六、七間寺廟，有伯公廟、石靈公廟、福德祠等等，其中「石靈公」救了一對母子的故事，最為人津津樂道，地方仕紳因石靈公有求必應，深受鄉民的愛戴，便倡議建碑亭紀念。許多有意義的故事，學生聽得津津有味，還不時用相機、紙筆記錄下來。

訓練學生導覽　實現自發、互動、共好

我們培訓了一批參加活動的學生，能導覽解說老街溪的過去與現在的人文歷史，希望讓城鄉共學的夥伴學校師生對中壢這條母親河有所認識，尤其是「老街溪河川教育中心」是全台灣第一座以「河川」為主題的教育中心，有其特別的指標性。學生因為要將最好的表現呈現出來，導覽時落落大方、侃侃而談，非常令人讚賞！還有學生因為時間不夠無法做導覽而失望難過呢！這樣主動又歡樂的學習，絕不是坐在教室裡學習能夠得到的效果，因此，再次印證「自發、互動、共好」十二年國教中的「自動好」精神。

活動結束時，這些彼此相處了一天的孩子，感情似乎濃得化不開，臨別依依，相擁而泣，從初始的陌生靦腆到臨別離開時的不捨，活動未結束已期待下次活動的快快來臨了。

1 明信片傳達我們的熱誠邀約
2 學生導覽解說老街溪人文生態
3 觀察老街溪生態
4 老師解說溪邊兩座土地公廟的故事

共學在地文化　開拓學生寬廣視野

兩校互動頻繁　共譜學習新「閱」章

本校與竹東員東國中城鄉共學計畫為期一年的時間，我們共同完成了一些讓人再三回味的美好記憶。例如：我們有三位不同科別（閱讀、地理、健體）的老師前往員東國中授課，將我們的特色課程介紹給員東師生。在寒假時我們則帶著三十幾位學生到員東國中參加兩天一夜的露營與走訪新竹景點，走讀清泉泰雅族部落、原住民藝術村、張學良故居、軟橋社區，深入了解在地（泰雅族及客家）文化。

而員東國中來互訪時，則一起參觀龍岡圖書館，又到忠貞國小附設的新移民學習中心體驗新住民文化及東南亞美食製作。世界地球日再共同參與藻礁生態觀察及淨灘活動、參觀新屋農業博覽會。冬至國際教育日讓他們入班體驗不同課程之教學，並參觀歡樂聖誕書展及品嘗美味的湯圓饗宴。一年的交流，兩校互動頻繁，開啟學生不同的學習視野。

原民及客家文化齊唱　魅力無限

共學過程中時有美麗的火花在記憶中停格，讓人印象深刻的其中之一，是我們前往清泉部落參訪張學良故居和原住民族館，聽著導覽解說，對於社會課本學習的歷史故事及風土民情，有更深一層的了解。尤其西安事變中足以撼動近代歷史的主角張學良，被軟禁在這荒山野嶺長達十幾年的故事，因為一趟故居的參訪，讓學生感覺教科書上的文字不再那麼遙不可及了。

另外，在原住民藝術村中跟著駐村藝術家，製作原住民手工藝品，體驗道地的泰雅文化：竹編杯墊、串珠項鍊、網版印刷圖騰布包、手織捕夢網、竹製樂器……等。每日餐點有的是濃濃泰雅與客家風味的美食：烤山豬肉、桂竹筍、竹筒飯、鹹湯圓、客家菜包……，十分滿足大家的味蕾。

營火晚會的「泰雅之夜」，開場的原住民舞蹈及歌唱表演令人驚豔，還有原住民竹竿舞的同樂，及壓軸的搗麻糬活動，滿滿的原住民文化，豐富了我們五感的體驗。第二天的定向越野，更將客家元素（擂茶、說客語）融入關卡，讓學生從遊戲中體驗客家文化的魅力。一個個精彩又有趣的行程，是每個參加的學生難以忘懷的。

軟橋千人奇幻彩繪社區　看見客家語言奧妙

在我們拜訪員東國中的一次活動中，實際踏查了一個非常有特色的「軟橋社區」，是一個位於竹東鎮通往五峰鄉的隱藏版客家庄。在尚未變成彩繪社區之前，這是個老舊且乏人問津的地方。經過軟橋女婿吳尊賢先生的努力彩繪，改變了這個因少子化、高齡化、人口外移而沒落凋零的客庄命運，彩虹祕境村落的房舍外牆處處充滿富童趣又繽紛的客庄風情圖案。還有一條沿著社區伸展的彩色公路，有著濃濃台灣味的人情故事，非常吸引大家的目光！讓路過的人車佇足停歇、欣賞探訪，讓原本默默無聞的村落煥然一新、處處有驚喜而活絡了起來。

其中有一座千人奇幻彩繪屋，畫作題材包羅萬象，有客家義民賽豬公慶典、教忠教孝的故事、農忙時節的勞作、懷舊風柑仔店，加上許多社會議題（腐敗的社會、人類的淪陷、文化的流失、孝親的淪喪）及風土民俗，還有幾乎快要失傳的客家俚語，處處可見充滿哲理的醒世警言。學生在滿牆密密麻麻的圖案及俚語中，找出繪者所想傳達的意念加以細細品味，發現看似詼諧幽默的語句所深藏的意涵。例如：「活著一定要精彩，不要身後才隆重」、「記得孩子長牙時，忘記父母掉牙時」、「做事尋衫著，食飽打赤膊」、「有油莫點雙盞火，免得沒油打暗摸」、「一餐省一口，一年省一斗」……。牆上的畫與話充滿孝親、勤勞、節儉、積極的警語，值得大家省思！宇裘雖然不會說客語，但是非常有好奇心，頻頻對牆上客家諺語詢問其意思。如果大多數到訪的遊客，對作者所彩繪的內容有興趣或產生共鳴，這樣一定可以把舊有文化保留下來，不至於快速流失。

體驗多元文化　幸福滿分

在桃園忠貞國小的新移民學習中心，也有許多令人難忘的回憶。一起製作越南春捲、印尼炸水餃、品嘗豌豆粉、緬甸粑粑絲，手編籐球，體驗穿著東南亞服飾，聆聽緬甸文化介紹，學習接納多元文化，心胸無限寬廣。在新屋農業博覽會人山人海中，一起鼓起勇氣跟來往的遊客宣講傳達藻礁的珍貴，並請他們留下「珍愛藻礁留言板」，共同為愛地球盡棉薄之力，顯見共學互助的強大力量。

冬至國際交流日，管樂班、古箏社彈奏出最美妙的音樂；豐盛美味的冬至湯圓宴以饗遠道而來的朋友；熱鬧的聖誕書展，有讓人愛不釋手的精神食糧，還有幸運抽獎送好書。一次次滿足身心靈的共學之旅，都是幸福約定下的甜美果實！

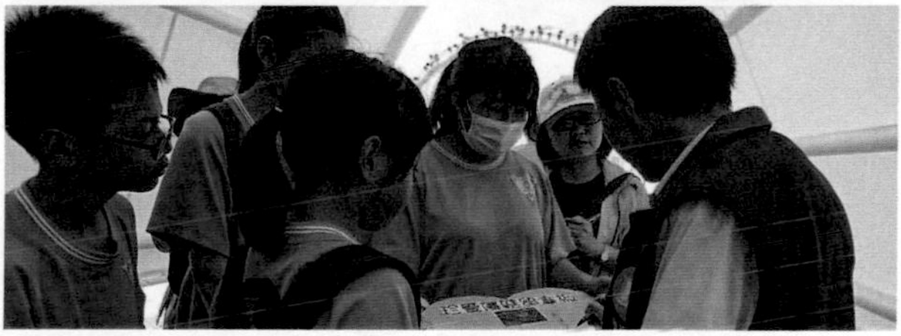

1 軟橋社區內處處彩繪牆
2 晚會壓軸活動搗麻糬
3 城鄉共學，相約愛地球
4 農業博覽會，珍愛藻礁留言板

露天洗衣場——泉水空　體驗先民生活的辛勞

泉水空清淨活水　源源不絕而來

「泉水空」是個地名，「空」在客家話裡是「孔、洞」的意思。這個位於龍潭中豐路敏盛醫院對面的泉水空，是一個露天洗衣場，因為這裡有源源不絕的泉水自地底湧出，水質乾淨，是許多婆婆媽媽免費洗衣、洗菜的聖地，還是聊天、聯絡感情、交換生活經驗的好地方。

這裡的泉水空是老街溪流域少見的湧泉穴，仔細一看水塘底部，真的有一個一個的水泡從地底湧出。這讓我想到朱熹〈觀書有感〉這首詩：「半畝方塘一鑑開，天光雲影共徘徊。問渠那得清如許，為有源頭活水來。」要讓這裡的水質「清如許」，就是因為有「源頭活水來」，朱熹將閱讀以此做譬喻，真是妙哉！

冬暖夏涼池水　洗衣洗菜兩相宜

我們是在十二月中旬的一個假日到龍潭泉水空參觀的，特別讓學生親自嘗試蹲下彎腰手洗衣物的感覺。在一旁洗衣的阿嬤得意地說：「這裡的水不但乾淨，還冬暖夏涼呢！」一我們伸手試了試水溫，果真比家中自來水還要溫暖。據說，即使是冬天七、八度的天氣，此處水溫都保持在二十至二十二度的恆溫狀態，難怪許多婆婆媽媽不辭辛勞，大老遠騎著腳踏車、摩托車載著衣服或步行到此洗衣，讓人嘆為觀止！還有學生馬上脫下鞋襪泡起腳來，看著他愉悅的神情，應該是非常溫暖舒服啦！

小時候為了節約用水，常跟著媽媽走一段路到池塘邊洗衣，去程時衣服是乾的，不會太重，可是洗好之後有了水分，抬起來就非常吃力了，想想還真是一段刻苦的歲月啊！那時池塘水中有魚兒、水面有鴨子游泳。記得，有一次我還因為貪玩不小心，倒栽進了池塘裡，還好媽媽手腳伶俐，趕緊把我從水裡拎起來。有時池塘還有山上茶園施肥或噴灑農藥滲透泥土而流入的有害物質，比起泉水空的水質應該不甚乾淨，但我們還是靠那方池水洗了全家大小的衣物，直到我長大。

池邊蹲坐洗衣　體驗先民辛勞

有了這個小時候洗衣的經驗，當我知道龍潭有一處會從地底冒出泉水的露天洗衣場，真是雀躍地想一探它的究竟，更想讓現今沒有在池塘或水圳旁洗過衣服的學生體驗一下那種古早時代的生活方式，所以我帶著一支愛探索的隊伍，有老師、有家長、有學生，讓大家親自動手在水邊洗衣，這種原本最便宜的洗衣方式，都隨著時代的進步消失了。看著都市長大的學生洗得十分賣力，還露出了歡樂的笑容，真是好開心啊！薰文還帶著唸小學四年級的妹妹一起來參加說：「老師，您不可以退休喔！要等妹妹上國中，讓她參加學校的走讀活動！」

這一次的走讀活動，不僅讓大家有了走出戶外的機會，還讓學生體驗了先民吃苦耐勞、勤苦的生活方式，希望可以培養孩子知福、惜福的好品格。

1 學生體驗洗衣
2 親師生參觀泉水空
3 或跪或蹲或坐洗衣
4 用泉水泡個腳，舒服呀！

生涯教育探索　楊梅茶業改良場採茶製茶

楊梅茶業改良場採茶、製茶走讀，是所有走讀活動中，規劃最費時費力的，因為茶改場是研究單位，參觀必須要由學校行文，還要選在非假日，我們費了九牛二虎之力，不斷地聯繫才讓茶改場破例給我們這個機會，終於皇天不負苦心人，敲定親職教育日補假那一天成行。

記得活動前一個禮拜都下著不小的雨，身為活動策劃的老師，每天都祈禱著天氣可以快快放晴，茶改場還屢屢跟我們再次確認是否如期舉辦。我們就跟老天打賭一次：雨下了這麼多天，一定會放晴的！結果活動當天一早，喜出望外，雨真的停了，是個採茶的好日子！

體驗製茶過程

春天的茶葉經過一個冬天靜靜的涵養，一口氣萌發出新綠，最適合做成綠茶，而且綠茶的製程短，合乎我們活動時間的需求。採茶時，講師示範手採茶葉的要領，「一心二葉」——茶葉最嫩的部分。大部分老師、學生及家長都是第一次採茶，四十個人採一個多小時只有區區六公斤茶菁，製成乾燥綠茶後只剩一公斤，最後每人帶回茶葉二十五公克做品嘗。

品嘗親手採摘的茶業

當天，我們除了採茶，還體驗製茶與品茶。為了清潔衛生，製茶前大家穿戴茶場專用的鞋與帽進入製茶區。看著早上小心翼翼採下一心二葉的茶菁，逐一步驟做成了綠茶，好期待品茶時刻！除了綠茶還嘗到了各種不同品項茶葉（紅茶、包種茶、烏龍茶、東方美人）的滋味，讓大家對茶葉的品種與滋味有了深刻的了解與印象。能夠喝到親手採摘的茶葉泡出來的綠茶，學生都直呼滿足。何平說：「以前看電影《魯冰花》，美術老師帶著美術班的小朋友到古阿明家抓茶蟲，今天真實體驗手工採茶，感覺好酷喔！」宜芳帶著媽媽一起來採茶，媽媽說：「以前家裡也是種茶的，參加這活動非常親切又感動，還和女兒一起體驗，真是超開心的！」

提到採茶，這跟我小時候的經驗有著密不可分的關係，因為我們家也是種茶的，所以兄弟姊妹從小就是跟著父母在茶園裡刻苦。茶葉一年約可採收四至五期，爸爸為了全家溫飽，很努力地耕作，從春茶開始，每隔五十天左右為一期（冬天太冷，茶葉不會發芽），讓一年四季可以採收五次，多增加一點收入。在還沒有機器採收茶葉以前，我們是用一種剪茶專用的剪子剪茶，是要耗費許多體力的勞動，大熱天也要在大太陽底下工作，著實不輕鬆！雖然我已經二、三十年不剪茶了，但雙手還有當時手拿剪子留下的厚繭痕跡，並沒有隨著時間的消逝而消失，像是隨時提醒著自己曾經歷的年少歲月。

認識茶業風貌

現代的茶產業不同以往，朝著健康精緻目標邁進，楊梅茶業改良場讓我看到了與自己年少時為了餬口而種茶不一樣的茶業面貌。我很開心能為全校親師生爭取到這麼一次難得的茶葉體驗活動。當天，還有一批青年團體也來學習製茶技術，剛好給參加的學生一個未來就業目標的選項參考，也算是不錯的機會教育吧！

記得活動結束前，茶改場的楊課長說：「茶場之所以破例給內壢國中辦理採茶活動，是因為被主辦的楊老師鍥而不捨的努力感動了。」的確，這個活動不管天候不佳或是申請活動過程的重重阻礙，我就是抱著一顆「打死不退」的態度，因為我堅信「有念則花開」。

1	3
2	4

1 講師講解一心二葉採法
2 品嘗各茶種（紅茶、綠茶、包種茶、烏龍茶、東方美人）
3 親子採茶樂
4 穿戴上專用鞋帽進入製茶區

前進有機農場　品享安心美食

食品安全問題層出不窮，長期以來，一直是大家非常關心的話題。台灣自一九八〇年以來，林林總總發生不下百件食品安全的重大事件。像是大家都不陌生的：三聚氰胺、塑化劑、毒澱粉、病死豬肉、灌水肉、瘦肉精、黑心油、防腐劑、漂白劑、戴奧辛蛋、禁藥、農藥殘留……等劣質食品事件，其中大多是人為錯誤或蓄意的摻假和欺詐等種種行為造成的，不僅嚴重影響全國人民的健康，也讓向來以美食作為招牌吸引外國觀光客來台旅遊的台灣，因為頻繁發生的食品安全事故而影響了整體旅遊業的發展。因此，食品安全是值得我們好好深思及改善的重大議題。

巧用自然法則　有機栽培

為了讓學生對食的安全有更切身的感受，我們走出戶外，參訪慈心有機教育農場，真正來一趟親近土地與自然之旅。農場經營理念就是本著愛護土地與保護環境，不用任何農藥或化學肥料，完全使用自然栽培法則，農作物吃起來有一種自然的甜美滋味。為了防止病蟲害，農場裡的蔥與草莓交錯種在一起，自然驅蟲有效又安全，因為蔥的氣味可以有效防止愛吃草莓的蟲子接近。又為了防止雜草生長與水分流失，在作物周圍鋪上一層黑色塑膠反光布，不讓除草劑破壞土壤，畢竟土壤的變化也是造成食品汙染的重要原因之一。

用五感認識各種香草

農場裡栽種各式各樣的香草，其中香蜂草和薄荷的外觀十分相近，我們仔細觀察後終於分辨其差別，香蜂草葉片呈三角形，還有帶刺狀的細毛，薄荷葉呈卵圓形，或直接聞聞味道即可。我們又採摘了一些味道特殊且濃郁的萬壽菊嫩葉，是準備做香草醋的材料。其中一堂「香草對對碰」課程，是讓大家品嘗不同香草所泡的茶，用味覺與嗅覺來分辨是哪一種香草，頓時讓我們沉睡的五官知覺活絡清醒了起來。而這些香草茶不僅好喝，也有一定程度的提神醒腦作用，效果不輸給茶或咖啡呢！

蔬食手工披薩　格外美味

來到農場當然要穿起雨鞋下田去工作，在偌大的田間採了橘紅色番茄及大花咸豐草（鬼針草），是做手工披薩的食材，很不可思議的是原本一般人以為是雜草的咸豐草，竟然可以入菜，用它搭配番茄、金針菇與起司的披薩還挺美味的，所以簡單的蔬食不僅環保又健康。午餐雖是蔬食料理，卻一點都不遜於葷食，雖然有些學生是肉食主義者，但對這「食無肉」的餐食，還是吃得津津有味，一點都不剩。

這次活動讓親師生四十多人體驗並了解有機耕作對環境與人體健康的重要性，相信這樣的一個食品安全與環境教育的課程，一定會深植在學生心中，並且身體力行的。

1 採摘大花咸豐草嫩葉
2 講師教大家如何有機栽培蔬菜
3 為披薩放上各種蔬食
4 辨識各種香草

親近在地農糧　前進桃園米倉

在台灣，我們的主食是稻米，雖然現在是地球村的時代，世界貿易搬有運無，可說無遠弗屆，各項食物來源充足，不一定只把米飯當主食，但是為了教導學生減少碳足跡，盡量選擇在地的食材，綜合領域的靜宜老師設計了一系列食農教育的課程，其中特別聚焦在「米食文化」。

建立觀念　栽種蔬果

圖書館以「食農教育閱讀抽抽樂」的活動結合家政與閱讀課程，學生必須閱讀完圖書館布置的立板海報上的資料，根據說明完成學習單，成績達到標準才可以參加抽獎，海報內容不只有米食澱粉類的知識，還有蛋品、油品、乳品、果汁、調味料等的知識，讓學生對食農常識及食物的選擇有正確的觀念。

另外，靜宜老師成立食農社團，在校園的一角栽種各類蔬果，像是韭菜、蔥、九層塔、大陸妹、羅曼、A菜等等較不易被菜蟲啃食的蔬菜少不了，若是白菜、芥藍菜、菠菜……等，就得每天派學生到菜園捉菜蟲。雖然菜園不大，但卻是「麻雀雖小五臟俱全」呢！連蝶豆花、百香果等藤蔓類的植物也都長得欣欣向榮呀！

米食文化　農村體驗

除了讓學生在學校菜園體驗實習種菜之外，我們帶學生走出校園參訪新屋農業博覽會及稻米故事館，實際走訪有桃園穀倉之稱的新屋農村，參觀農具（畚箕、秧盆、碌碡、手耙、秧格……），還有燒柴火的爐灶、木製蒸籠、製作米食用的石磨、紅龜粿模、瓠瓜做成的水瓢、絲瓜絡（菜瓜布）……處處可見前人環保又有智慧的生活方式及設計。又到龍德米庄體驗爆米香、品嘗蜂蜜、嚼蜂蠟、吃蜂蛹、採洛神花做蜜餞，一趟又一趟的豐富之旅，讓我們知道食農教育必須從小扎根的重要。

平鎮花彩節　體驗割稻嘗割稻飯

在桃園花彩節的時候，我們還特別邀請十多位來自世界各國的外籍生一起來體驗農家生活，和學生一起走進農田體驗割稻，實際感受「鋤禾日當午，汗滴禾下土，誰知盤中飧，粒粒皆辛苦」的況味。豔陽下，戴上斗笠彎下腰，手拿鐮刀割稻子，一把抱起會令人皮膚發癢難耐的稻穗，腳踩打穀機脫去稻稈上的穀子，這樣對農夫而言再尋常不過的動作，我們都得一一經過專家的指導才會操作，可見得要吃一粒香噴噴的米飯真是不簡單！唯有親身體驗才能懂得珍惜，這是我們想要給予學生們的啟示。

透過與外籍學生的交流，學生各個都是身負國民外交重任的尖兵，除了介紹台灣文化讓外國朋友認識了解之外，學生也可以利用機會與他們聊天增進英語會話能力。午餐時間共享割稻飯，實實在在享受道地的台灣農家生活，讓外國朋友留下在台灣的美好印象，而學生也在活動中學習選擇在地米食，減少碳足跡愛地球的實踐力量。

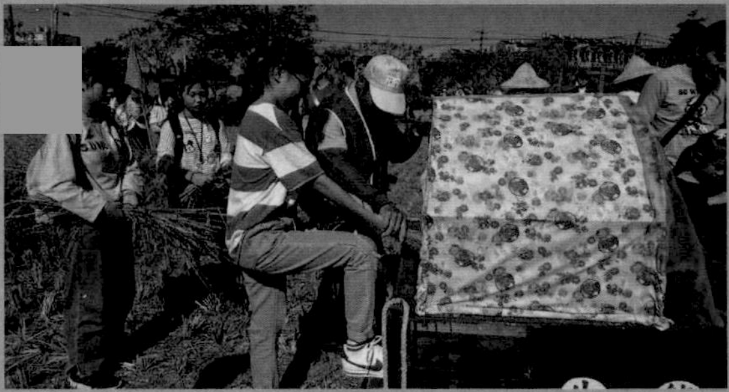

1 割稻體驗農夫的辛苦
2 腳踩打穀機脫去穀粒
3 認識各種米（在來米、蓬萊米、糙米、糯米）的差異
4 瓠瓜做成廚房舀水的水瓢

發思古之幽情　桃園古蹟之旅

我們帶著學生走出教室，學習帶得走的法寶，給予學生走讀在地、認同在地的一種愛鄉護土的教育觀念，以身為桃園人為榮，更對古蹟保存播下代代相傳的種子。

認識桃園聖蹟亭　親自走訪踏查

台灣現存聖蹟亭約有一百二十多座，大多集中在客家庄。桃園市就保存了六座，最具規模的是龍潭聖蹟亭，一座三進、對稱、庭園式的建築，堪稱全台保存最完整、規模最大的聖蹟亭，列為三級古蹟。另外，還有大溪齋明寺敬字亭及蓮座山敬聖亭、中壢新街聖蹟亭、蘆竹五福宮敬惜字亭、龜山大湖福德宮聖蹟亭。其中，齋明寺敬字亭是桃園市現存最古老（一八四〇年代）全石打造的敬字亭，中壢新街聖蹟亭建築特色中西合璧，採用ＴＲ紅磚、洗石子工法建造，又兼具西洋巴洛克式華麗、雕刻、重色彩等建築風格。每座聖蹟亭各具特色，值得我們好好研究一番。

我們在國中教育會考即將來臨之際，帶著學生走訪了桃園三座很具代表意義的聖蹟亭，有距離最近的中壢新街聖蹟亭、全台最具規模的龍潭聖蹟亭以及新求考運亨通的大溪觀音亭敬聖亭。在參觀聖蹟亭行前，我們為學生先上一堂介紹聖蹟亭的課程，再請學生用平板查詢桃園市內的所有聖蹟亭，選擇一座自己最有興趣的聖蹟亭，手繪製成明信片，讓學生對聖蹟亭有初步的了解。記得，桃園市有一年的國中教育會考試模擬，就有一道題目以聖蹟亭的建築特色入題，可見「處處留心皆學問」啊！

保存完整、規模最大的龍潭聖蹟亭

當我們置身龍潭聖蹟亭時，學生連連驚嘆：「好大好美的聖蹟亭！」因為這座聖蹟亭有像廟宇內外之分的山門、外門、中門及內門，在第一進兩側有充分展現客家人崇文敬道精神的文昌石筆，中門兩側有弧狀的八字雲牆，冠昇看了之後馬上說道：「八字雲牆代表張開雙臂歡迎賓客之意。」原來是之前上課時他很認真聽，實地走訪印象更深刻了。到了第三進主座的位置處有紅磚建造拼組的護欄，六角形、十字形及丁字形鏤空拼花，分別象徵長壽、十全十美與人丁旺盛，真是巧思無限！

最讓人讚嘆的是亭座主體為三層建築，亭身依次為八角、四邊、六角形，採傳統的六合、四象及八卦的風水觀念。第一層正面有三幅石雕圖像：「獅子含劍」、「麟吐玉書」、「鳳鳥銜書」各代表「驅邪避凶」、「科舉及第」、「文風鼎盛」，三個圖案合起來就有了「文武雙全」的意涵。學生張大雙眼、津津有味地聽取導覽，還有能印證課本學過的對聯教學，學生馬上可以說出「上下聯字數相等、平仄相反、詞性相同，上聯最末一字為仄聲，下聯則為平聲」。我們將教室搬到了戶外，學生更樂於學習，效果驚人又加倍的好！

敬字惜紙　傳承儒家傳統觀念

古人視文字為聖蹟，因此對書寫過文字的紙張十分敬重與愛惜，不任意毀棄，會將這些紙張集中，甚至對有汙損過的紙張洗淨、曬乾，才會送至聖蹟亭予以焚化，灰燼還要於特定日子舉行隆重的祭典儀式，恭請河神送至大海，象徵漢字文化傳諸四海、飄揚各處，稱為「送聖蹟」。讓學生知道在知識不普及的年代，能讀書識字是多麼不容易，相較於現在人人皆可受高等教育，其中的差別是無法同日而語的

聖蹟亭具有教化、移風易俗、祈求功名等功用，跟古代倉頡及文昌帝君關係密切。古人「敬字惜紙，崇尚文風」深受儒家傳統觀念影響，敬字惜紙除了積功德，也有助於自己或後代子孫求取功名順利。

大溪百年挑夫古道　老街牌樓故事

早在一百多年前，大溪（舊名大嵙崁）曾是台灣最內陸的河港，以載運米鹽、樟腦、茶葉、木材及煤礦而興起的商行及洋行多達三、四百家，現在的大溪雖已褪去萬商雲集與舟楫往來的熱鬧繁華，但從社區營造後我們看見老街重生的新面貌，有風華再現之感。

大溪橋是早期居民對外的聯絡要道，是從前許多挑夫運送貨物到老街及碼頭的必經之路，如今改建後的橋樑有復古的拱門，橋身兩旁氣派的雕花充滿濃濃的巴洛克風格。我們沿著中正公園下方步道而行，經過大慶洞再往山坡的百年石板古道緩步而上，體驗一下當年挑夫行走過的路線，到達老街商行，再一一欣賞每家商行巴洛克風格立面牌樓的雕刻裝飾，有如穿越時空回到過去。

老街仿巴洛克式建築的街屋牌樓，上面各種立體浮雕代表的意涵十分耐人尋味：花卉插在花瓶裡表示平安；蟾蜍的台語發音是「求錢」，故有招財之意；龍馬背太極和駱駝載書是為了避邪；麒麟象徵吉祥；孔雀開屏代表迎賓。其他如蘋果（平安）、石榴（多子）、蓮霧（連有）、南瓜（金、多子、大財），都是取其吉祥興旺之意，光是欣賞這些雕飾就感覺趣味橫生，真是有意思的建築設計！

桃園忠烈祠　看見一頁台灣近代史

位於桃園虎頭山下有一座日治時期皇民化「一街庄一社」政策下建造的神社，幾經波折現在改為「桃園忠烈祠」，這座神社是日本境外保存最完整的神社之一。走進這座有八十多年歷史的神社，除了讓學生了解過去台灣的殖民歷史文化之外，也讓沒到過日本的學生一窺神社藝術建築的特色。

歷史無法抹煞，古蹟的保存讓可能被我們遺忘的歷史留下來。我們親自走一趟前人的足跡，用我們的雙眼看見最真實的景物，在學生心中播下一顆探究事物的好奇心，是非對錯會在他們的人生過程中發酵，進而培養他們明辨是非的能力。

參觀神社之後，詠婕說：「雖然神社不大，但我看到了日式建築受到唐代建築的影響，也知道日本建築菊花圖案代表的意義。」亭萓說：「看完了神社，很想到日本去旅行，看更多的日本風景及建築。」喜歡看電影的鈺婷說：「《KANO》電影曾在這裡取景，就是進藤兵太郎教練與球員第一次集合在嘉義神社的那一幕。」一趟桃園忠烈祠之旅，不只是古蹟建築的欣賞，還閱讀了一頁台灣近代史。

走讀在地讓我們更了解家鄉，發現古蹟之美需要我們接近它才能一窺其堂奧。我們不只要讀萬卷書，更要行萬里路，用實地踏查探訪，補充書籍閱讀的不足。

觀音白沙岬燈塔　守護台灣海峽來往船隻

台灣四面環海，台灣海峽及東部海岸是船隻航行的要道，燈塔在協助往來船舶航行、守護船隻佔有舉足輕重的地位。台灣本島共有十九座燈塔，若包含離島燈塔則多達三十六座。這麼多的燈塔各有特色，可以從建材、外觀來欣賞燈塔之美。在桃園觀音海岸就有一座別具特色的白沙岬燈塔，本校的走讀課程當然不能漏掉這個擁有百年以上歷史的燈塔古蹟。

在觀音，當仰望著全台高度僅次於鵝鑾鼻燈塔的白沙岬燈塔時，我們告訴學生觀音海濱的特殊地形「藻礁」與建造燈塔有密切的關係。一兩百年前，經過台灣海峽的船隻，在觀音外海時常觸礁擱淺甚至翻覆，因為此地大片的藻礁地形凸出海岸，船隻行經漲潮時平靜的海面很難察覺，造成災難一再重演，白沙岬燈塔的啟用，是告訴過往船隻此地危險請勿靠近，有別於其他海港燈塔的作用。雖然燈塔已經屹立在此一百多年，但擱淺的船隻還是時有發生，二〇一八年十月及二〇一九年一月就相繼有兩艘貨輪（振豐輪及旺榮輪）擱淺在大園外海，成為大家熱搜打卡的景點。

白沙岬燈塔曾經被票選為「台灣歷史建築百景」之一，在一九〇一年一月完工啟用以來，守護著南來北往船隻航行的安全。這座百年以上的燈塔，其圓形磚造的塔身，採用糯米、黑糖、石灰混合物黏合而成，是以「煉瓦石造」之雙層磚石耐震構造建築而成，歷經二次世界大戰與多次地震風災仍屹立不搖。我們經過申請獲得登塔參觀的機會，可以親眼看看燈塔內部狹窄雕花鏤空的旋轉手扶梯，以及來自法國製造的旋轉透鏡的燈具，還有一個上海江南製造局所造之精美航海鐘。這個千載難逢的參觀機會，真是讓人大開眼界啊！

當時的燈器是煤油燈，是法國巴黎製造廠於一八九七年承造，現在則改成「三等旋轉透鏡電燈」。旋繞塔心而上的是懸臂式鑄鐵板螺旋梯，扶手為銅製，我們小心翼翼的旋繞樓梯拾級而上，看見精緻鏤空雕花的階梯及最頂端的燈具。佩珊說：「燈塔頂端空間好小，不過那顆指引船隻航行的三等旋轉透鏡電燈好美！」

觀音重要廟宇　保障宮與甘泉寺

觀音區的保障宮與甘泉寺，主祀神祇分別為媽祖與觀音，兩座廟宇各具特色。保障宮是桃園西部沿海最大寺廟，建築宏偉壯觀，其內外有兩對非常高大的石龍柱，長度近四十呎，目前正積極爭取列入金氏世界紀錄。這座挑高建築的廟宇，雖有三層神殿，但是眾神就安座在九宮格裡，像是比鄰而居的神明公寓，只要由右而左一百八十度膜拜，九座神明就可以一次保祐，真是好特別的設計！

甘泉寺原名石觀音寺，因為寺內供奉石觀音佛祖，後來因神明指示甘泉井汩汩湧泉有能治百病之療效，而將此廟改稱甘泉寺。相較於保障宮的大器建築，甘泉寺素雅清幽許多。學生到寺廟參觀虔敬祈福，一改大家對青少年只愛流行與科技的「滑世代」觀念，這樣的參訪一樣有意義。

在我們一次又一次的走讀桃園的課程中，不知不覺已經走訪不少百年古蹟，對於家鄉風土文化有更多的認同與了解，這樣親近土地才是真正的愛鄉護土呀！也因為一步一腳印的走訪，我們才會更珍愛這些古蹟之美。

1 與百年歷史的白沙岬燈塔合影
2 大溪老街牌坊介紹
3 龍潭聖蹟亭對聯精緻雕刻
4 神明指示有療效的甘泉井

國中教育會考　拜文昌求考運

祈求神明加持　會考金榜題名

每年國中教育會考在五月舉行，全國國三應屆畢業生即將面臨人生第一場升學的考驗，經過三年國中課程的學習，父母、老師、學生無不希望孩子或學生自己如願考上理想的學校。除了平時按部就班紮實的學習之外，在考前若能有「神助」一臂之力更是人人都希望的。

記得，之前有一個學生，在會考當天每一科考試之前，做母親的必定帶著孩子一起靜默禱告再進入試場，結果這位學生以接近滿分的成績考上第一志願，可見禱告與拜拜在某種程度上是可以穩定情緒、頭腦清晰，幫助答題正確的。雖然不是人人有效，但宗教的力量的確是不容小覷。

任何人面對生命中的各項考驗，靠自己努力無庸置疑是最實在的，但台灣民間信仰神祇眾多，善男信女各有所求。尤其是人在生命面對挫折或是有重大轉變的時候，帶著希望、疑惑、傷口或是遺憾的心情求助於神佛，來獲得心靈的安定與解脫的人屢見不鮮。《通靈少女》戲劇的播出，能在國內外掀起一股宗教的旋風，證明宗教信仰在多數人的生活中有著不可或缺的重要性。

然而，每個人在一生中都要面對許多大大小小的考試，因此，每逢考季來臨，莘莘學子也紛紛祈求文昌帝君保佑，俗話說：「有拜有保庇！」所以，大部分的考生會選擇在考前帶著准考證、蔥、芹菜、蘿蔔或包子、粽子……等去拜拜。蔥、芹菜分別代表「聰明、勤快」，蘿蔔是「好彩頭」，包子、粽子加在一起就是「包中」囉！希望這些象徵吉利、好運氣的祭品加持，能給考生在考場上更得心應手，金榜題名！

中壢仁海宮祈福　廟宇文化建築之旅

學校附近有一座將近兩百年歷史的「仁海宮」，不僅有從北港朝天宮分靈的媽祖為鎮殿主神，還附祀三官大帝、註生娘娘、文昌帝君、關聖帝君……等神明。每年會考前，我們會由校長、主任、老師帶著學生，以遵循古禮的儀式，慎重且虔誠地祝禱祈福，各個學生都寫上祈願卡，希望能考上理想學校。菀芯在祈願卡上寫下「考上軍校」作為第一志願，程楷的第一志願是「內壢高中」。拜過文昌帝君之後，好像大家都吃了定心丸似的，真的心情比較安定了，接下來的工作就是持續再努力。

在我們帶著學生到廟宇祈福之前，閱讀課中已經進行了認識寺廟的課程，從寺廟的主祀神祇媽祖到附祀眾神明的認識。其中，「媽祖」是台灣民間最重要的神祇，況且每年農曆三月二十三媽祖生日前的「媽祖遶境」已經是享譽國際的宗教盛事了！在「全民夯媽祖」熱潮下讓我們也設計了一套「潤壢媽祖情」的課程：學生分組用平板查詢媽祖相關資料，然後上台報告。其中有一題——媽祖為何有「白面、金面、粉面、紅面及黑面之分？」在我們未深入了解民間宗教信仰議題之前，還真的不知其所以然。另外，媽祖還有「大媽、二媽、三媽」等分身，各司不同職務，當我們向學生提問：三媽執掌什麼時？學生的回答還真是有梗——三媽是開店的，因為「三媽臭臭鍋」呀！讓大家噗哧一笑。原本嚴肅的宗教課程，因為學生的反應迅捷，還真是寓教於樂呢！

另外，老師對寺廟的建築之美也做了一番解說。從廟前「山門」、「門枕石」，到「左青龍右白虎」左進右出寺廟及廟宇建築結構，石獅、門神、藻井、吊筒、雀替、員光、柱礎、瓦當、水滴……所代表的意義及用途，還有交趾陶、剪黏、壁畫、雕刻藝術等等，太多可以探索的學問在其中了！一次實地的參訪仁海宮，不僅是一趟會考祈福之旅，還對眾神明與廟宇建築藝術有一趟知性的巡禮。

1 虔誠祈禱考上第一志願

2 老師介紹廟宇建築及奉祀神祇

3 廟宇課程——仁海宮

4 用虔敬的心掛上祈願卡

結合多領域　攀爬閱讀巔峰

校長領軍　攀越心中的高峰

祺文校長是個喜愛登山的人，台灣所有的大小山岳幾乎都有他的足跡。校長說：「在人生的路途中，閱讀學習如同登山，必須一步一腳印，穩健踏實往上前行，才能攀越高峰，讓自己學習的理解層次隨之提高。登高得以望遠，眼界、心胸、人生觀、價值觀等，都將因此改變。閱讀如登山，透過不同層次的閱讀，感受到如同攀登高山百岳之樂，走進文字的世界一如進入山野的探索與挑戰，將帶給我們不同的視野與心靈饗宴。」

閱讀護照　以台灣山岳高度設計

本校的閱讀護照，就是以學生閱讀書籍的數量連結不同山嶺的高度集點設計的，一改小學士、小碩士、小博士……的老套。例如：內壢國中海拔一百二十公尺，必須閱讀點數達五十點，若要登上陽明山須一百點，如果要挑戰台灣最高峰玉山，那可就要閱讀點數達五百點了。這樣不僅僅只是閱讀書籍而已，還可以激勵學生向更高難度的目標挑戰，同時也是認識台灣美麗山林的好方法。

結合多項領域　挑戰超越自我

本校閱讀課程與各領域結合，可說包羅萬象，真正的「幸福百閱」！學生體驗多元豐富的課程，讓學習除了有樂趣之外，也兼具了超越自我的挑戰性。從二〇一七年開始成立「大山社」探索山林的社團，讓學生有親近樹、接近自然的機會。校長在朝會時常分享自己登山的經驗，帶領我們認識大山，閱讀百岳；還有「校樹」票選活動，讓學生從認識樹進而愛護樹；社團課學生體驗了在校園攀樹、爬樹的樂趣，讓城市中長大的孩子不必遠求就能享受爬樹的山野之樂，是多麼開心的事！

實踐大山教育　師生齊心攻頂

幾年下來，由祺文校長、呂理祿教官領軍，還有孟倫主任、紫文主任、靜宜老師……更陸陸續續親自帶領學生去享受爬山登頂的喜悅，實踐大山教育，認識台灣壯美的大小山嶺。人一旦走入山野間，那種完全得靠手腳並用的攀爬，心裡雖然一邊怨聲連連，但一邊又希望登頂成功，愛恨交織的感覺，只有親身經歷才能體會箇中滋味。所幸一路上大家彼此加油打氣，互相扶持，再累也要攻頂，最後所有師生都能走完全程，不得不佩服孩子的好體力和勇氣。

「山野教育」在內中已經走過三個多年頭，大小山岳已經登覽不計其數，像是百岳就有雪山、大霸尖山、合歡主峰、向陽山、三叉山、嘉明湖……，郊山有七星山、北插天山、五寮尖、打鐵寮古道、白石山、孝子山、慈母山、普陀山、鳶嘴山、稍來山、溪洲山……等。在每一次的活動中學生都用最堅強的毅力走完全程，不乏學生是為了挑戰自己而來。一般人很難想像才十來歲的學生就有登臨雪山、大霸、嘉明湖等百岳的經驗，也一定很羨慕內中的孩子是如此的幸福，有校長及整個山野教育團隊的陪伴與支持。

一起攀山越嶺　悅讀自然風情

台灣約有三分之二的面積屬於山地地形，除了擁有極為豐富的自然資源之外，山林間豐富的地質地形景觀、獨特的生物、棲地、生態都是體驗山野教育的最佳場域。每一座山都是一條充滿刺激、冒險、挑戰的路線，有些以峭拔險峻的稜岩聞名，有些以美麗山景視野遼闊著稱。攀爬過程絕無冷場，喜歡的人會驚豔連連，大呼過癮；而膽怯的人則會驚聲尖叫，手足無措。

爬完一座山，除了達到鍛鍊體魄與登高望遠的樂趣之外，我們也好像閱讀了一本有意義的書。一座山就是一本書，雖然我們未必可以登上台灣或世界的每一座山，但我們可以靠著別人的經驗去理解去讀懂，進而親近喜愛她們，一如愛山的祺文校長時常分享登山之樂與積極推動大山教育，讓全校師生對於台灣的山林之美一點都不陌生。

本校希望利用「山林、野外」的教育場域與學習情境，透過「探險」與「探索」的方式，引導學生親近山林野地、進行野外探索活動的教育，落實運動生活化、登山教育化的理想。

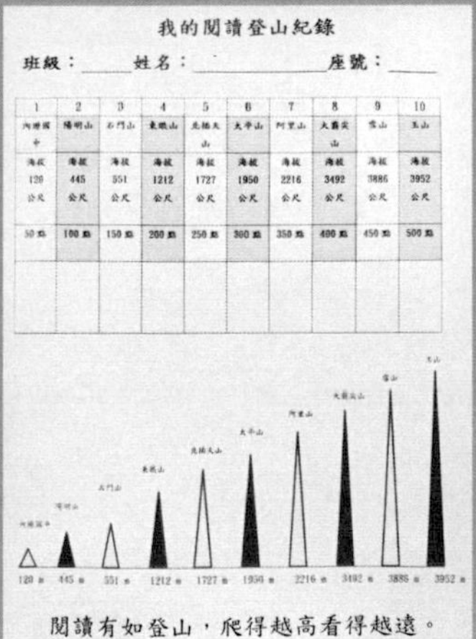

我的閱讀登山紀錄

班級：______ 姓名：____________ 座號：______

1	2	3	4	5	6	7	8	9	10
內湖國中	陽明山	石門山	東眼山	北插天山	太平山	阿里山	大霸尖山	雪山	玉山
海拔 120 公尺	海拔 445 公尺	海拔 551 公尺	海拔 1212 公尺	海拔 1727 公尺	海拔 1950 公尺	海拔 2216 公尺	海拔 3492 公尺	海拔 3886 公尺	海拔 3952 公尺
50 點	100 點	150 點	200 點	250 點	300 點	350 點	400 點	450 點	500 點

120 m 445 m 551 m 1212 m 1727 m 1950 m 2216 m 3492 m 3886 m 3952 m

閱讀有如登山，爬得越高看得越遠。

1 不畏風雨爬孝子山

2 校長帶領學生登合歡東峰

3 校樹票選活動準備

4 閱讀護照以台灣山岳為設計發想

鎮西堡健行　看見生活智慧

最接近上帝的部落——鎮西堡

我們帶領學生探索冒險的課程一個接著一個進行，其中「山野教育」讓我們學習到全方位的能力。我們先在校內進行攀樹與垂降的課程，也教導學生溯溪及野外求生的知識，還有肌耐力的訓練，有了萬全的準備才帶著學生走出教室，一次一次的挑戰讓夢想實現，最後那份成就感隨著任務的完成，攀上心中的高峰。

在眾多的登山活動中，我們造訪過一個名為「最接近上帝的部落——鎮西堡」的地方，這裡有全台灣最大紅檜、扁柏神木群聚集。整個爬山健行的路程大約七、八公里，我們就看見了一、兩百棵巨大的參天神木，行走深林之中人顯得渺小而卑微，所以群樹圍繞下我們學習與自然對話，學會用謙卑的心跟大自然學習。

鎮西堡部落裡的原住民為泰雅族，我們跟著部落民宿主人學做竹筒飯、認識咬人貓、分辨紅檜與扁柏，還知道了許多泰雅族人生活的哲學。例如：咬人貓是山野裡常會遇到的植物，稍不注意在就會被螫傷，泰雅族的老師告訴我們，若不刻意揮打咬人貓，其實是不會有太大傷害的。再者，人體全身上下，只有人的舌頭碰到咬人貓沒事，還真的讓學生用舌頭舔了，證明真的沒事，大家直呼神奇！幸運的佩雯是唯一一個體驗用舌頭舔咬人貓的學生，從剛開始的猶豫害怕到後來勇敢嘗試，她說：「有一種突破自我、挑戰恐懼的成就感，真過癮！」

品嘗竹筒飯　走訪神木群

關於竹筒飯製作，民宿主人親自帶著大家到竹林裡選取竹子，我們才知道最好是使用兩年生的竹子，不能太老也不能太嫩。竹子選好之後，還要自己鋸成一節一節再裝入清洗乾淨、浸泡好的糯米、香菇、蝦米等等，所有步驟都讓學生親身體驗。第二天這些竹筒飯蒸熟之後帶著去爬山，肚子餓的時候當點心吃，正在疑惑竹筒如何剖開來吃的時候，泰雅族老師將竹筒往地上石頭一敲就分開成兩半了，吃完後竹筒回歸山林原野，真是太環保了！參加童軍活動很有經驗的哲綸說：「平常在學校學習的知識及技能，終於可以派上用場了！」

與自然共處　原民有巧思

另外，我們也看到泰雅族人為了避免穀倉中的小米被老鼠偷吃，除了將穀倉架高之外，還把四支架高的柱子上方加一片倒弧形的木板，可以防止老鼠或蛇沿著柱子往上爬。又為了野放的母雞會四處下蛋，在屋舍牆壁設置一個架高的漏斗狀雞窩，讓雞飛到裡面去下蛋，一樣是為了避免老鼠與蛇的咬食。處處都可以看到泰雅族人與自然和諧共處的生活哲學，真是一趟另類的戶外教學！

走一趟鎮西堡，再次發現「處處留心皆學問」、「萬物靜觀皆自得」一點都不假。走在參天神木群聚的林野，學習謙卑面對大自然，也學習跟自然對話，用最適合人自然的方式面對大地萬物。相信有了這一趟旅程之後，在學生心中也一定埋下了一顆珍愛自然萬物的種子。

1 舌舔咬人貓不會有事
2 吃著自己製作的竹筒飯
3 巨木下人好渺小
4 登山前攀樹垂降集訓

為愛而走　花東百里長征

二〇一八年的夏天世界各地氣候異常炎熱，但我們無畏炎夏炙熱的陽光，創下「花東百里為愛健走」活動的紀錄。由祺文校長及少亭老師帶領師生共五十多人進行四天三夜花東百里健走，挑戰自我身體極限，我們要用手、眼、耳、心、腳，體驗來自台灣山川壯麗之美，自我精進與團隊互助激勵冒險的遠征式學習模式，為心路基金會募款，藉由活動呼籲大家重視遲緩兒童的照護，幫助一群慢飛天使。

結合慈善服務　送愛到心路

此活動結合慈善，健走募款，我們帶孩子關懷社會，培養未來必須具有的自主行動、溝通互動及社會參與的能力。我們想讓孩子們知道，幫助人可以有很多方式，只要願意，都有能力助人。因為這次的課程活動，孩子們認識到：在我們不知道的社會角落，有許多需要關懷協助的人，更有許多默默付出與犧牲奉獻的人。我們將募得款項捐贈給基金會，給這些慢飛的小天使們多一些資源，幫助他們好好成長。

感受東台灣豐饒　大地之美

為愛健走活動從台東火車站開始到玉里三民火車站結束。第一天抵達台東時已是傍晚時分，不過內中健兒們並沒有休息，在晚餐前走了一趟馬亨亨大道及藝術村，為整個活動暖身走了十公里。之後的三天，學生每天準時六點出發，沒人遲到、沒人喧嘩，安靜吃完早餐且整理好便出發，平均一小時走六公里。

一路上有美麗山巒為伴，沿途大片釋迦園、甘蔗田、鳳梨園和香蕉園，真正感受台灣山川之美與田園的豐饒，孩子們所見的自然美景，絕對是課堂上見不到的。我們穿過高山，跨越鹿鳴橋，溪水向東奔流到太平洋，感受天地的寬闊、人類的渺小。當進入鹿野高台之後，一條看不到盡頭的筆直台九線直達關山，才是考驗的開始。但孩子不以為苦，他們時而嘻笑玩樂、時而靜默前進、更時而小跑步。途中經過新元昌紅茶文化館，除了讓師生午餐及稍作休息之外，也讓孩子體驗紅茶文化及擂茶活動的知性課程。

走出教室學習　開拓孩子眼界

第三天從台東關山出發走四十五公里抵達花蓮玉里，途經伯朗大道、金城武樹，除了能一睹紅透半邊天的廣告場景，有「百聞不如一見」的悸動之外，還能感受海岸山脈與中央山脈之間花東縱谷翠綠稻田的盎然生機，徜徉在有「翠綠天堂路」之稱的伯朗大道上，視野為之開闊，心曠神怡、全身舒展，早已將體力的疲憊與腳底、胯下摩擦所起水泡的疼痛拋諸腦後。路程中我們見到許多台灣人情之美，有已畢業學生與家人旅遊路程中巧遇的熱情招呼問候，也有來自彰化徒步環島已二十七天的兩位年輕人的互相打氣加油，他們的毅力讓我們的孩子開了眼界。

走在台灣最美麗且全長有十公里的玉富自行車道，見證歐亞板塊與菲律賓板塊擠壓的奇蹟，而迷人的舊鐵路橋下就是河床寬廣的秀姑巒溪，站在橋上就能看到地質斷層帶隆起造成的崎嶇地形，飛躍秀姑巒溪上方，視野寬廣，風光好到實在是無法言語。這些都不是教室課本上能夠教授給學生的，唯有走出課室離開舒適圈，才能深刻體會的台灣之美。

彼此扶持　完成夢想

四天三夜遠征式學習課程是耐力、毅力的考驗。沿途彼此加油聲震天價響，孩子自律、團隊合作達成共同目標的學習課程，他們展現出的潛能，超乎我們的想像，別以為他們是溫室花朵，走出來，他們什麼都做得到，這一切都將變成他們日後記憶裡不可或缺的美麗摺頁。曾經的苦，早已被達成夢想的甜美滋味給踢得老遠。很多事，不做，不會怎樣；做了，很不一樣。活動結束後，祺文校長在校園中巧遇這些孩子，一派天真的還吵嚷著說：「校長，何時再去健走？」可見這一趟百里之行，孩子們似乎意猶未盡。小個子的秉樺說：「身體很累、腿很酸，但是心是不累的。」瑋均說：「腳走到起泡了，就用針線把水引出，休息一個晚上，繼續上路。」禾翊：「路程中遇到下雨，穿上雨衣繼續走，大聲唱歌，一起扶持落後的同學。」湘敏：「可以跟同學一起完成這麼有意義的事情，再累也是值得的！」

募集款項捐心路　見青春沸騰熱血

我們更將此活動募集所得款項捐至心路基金會，祺文校長帶著我們的學生和心路的小朋友們互動、遊戲，孩子們在陪伴的過程中，了解這些特殊小孩們成長的辛苦，也對於父母親給了自己健康的身體，充滿感恩，未來有能力，也一定會好好幫助需要協助的人。若顏說：「我們每人只要走完一百公里，企業就會捐出一千元給心路基金會，想到可以幫助人就很開心。」孩子們走出教室學習關懷弱勢，堅持走完台東到花蓮一百二十六公里路程，這份勇氣不僅讓我們感動，更讓人看見青春沸騰的熱血！

1
2 3
4

1 送愛到心路基金會
2 跨越歐亞板塊及菲律賓海板塊
3 與聲名大噪的金城武樹合影
4 走過鹿野溪跨越鹿鳴橋

遠征式學習　健行感受土地溫度

愛家鄉護土地　走出教室接近它

二〇一九年寒假再次完成「遠征課程——觀音健走三天兩夜八十五公里活動」。祺文校長說：「我們除了為愛健走之外，更為了直接讓孩子認識在地文史、文化，關心桃園環境的發展，知道桃園有許多珍貴的環境及人文景觀——陂塘、藻礁、沙丘、廟宇、燈塔……等。」紫文主任說：「我們常說要愛台灣，但要怎麼愛？不是嘴巴說說而已，是要真正地走出課室接近她，才能看見台灣土地的美麗與哀愁，才會想要去保護她。」

這樣的課程活動歷經五個月時間的籌備，由少亭老師帶著團隊多次的探勘及規劃路線，行前的觀音文史介紹、陂塘野鳥之美、定向越野賽說明、運動防護等課程，讓課程與活動緊密的結合，避免只是走馬看花式的健走活動，學生能深入觀察桃園在地特殊人文與地景，用呼吸與心跳來領略台灣土地之美，腳踏實地和大自然互動。

腳踏實地　與大自然互動

報名參加的學生，各個對挑戰自己走完全程滿懷信心。一天之內要從內壢國中健走二十三公里到達觀音國中，著實不是一件簡單的事情，除了要有體力之外，還得有過人的耐力與毅力，所幸我們的學生都不輕言放棄，想要用雙腳走完全程來為自己留下一個值得紀念的生命印記，讓此行留下永銘於心的回憶

杜威說：「教育即生活」，我們設計「做中學」的課程，讓學生走出教室向大自然學習，閱讀一本無字的書。行經田間土地公，走著窄窄的田埂路，看見民間謙卑敬畏天地的習俗。徜徉在草漯沙丘時，感受大自然力量的神奇。藉著強勁的東北季風經年累月的堆疊，竟能將海濱沙粒吹起形成長約一點五公里的天然堤岸，這條防止海岸被侵蝕的防線，因阻擋海風和鹽分而保護了內陸植物，甚至還有「台灣版的撒哈拉沙漠」之稱。

融入童軍領域　挑戰定向越野

我們融入童軍的定向越野活動，讓學生在團隊互助合作中學習解決問題的能力，也在解題中學習學校沒有教的知識。學生先要透過指北針找到方位，才能前進目標解題後再打卡，最快完成學習單上任務的小組方能獲得最後優勝。我們在白沙岬燈塔周圍陌生的環境

做定向越野的活動，不僅具有挑戰性，更讓學生無形中很快地認識附近環境，比起傳統的導覽解說可以得到不一樣的「自主學習」的效果。

一趟遠征式學習，可以讓學生脫胎換骨，更可以建立他們的自信心。開學後，校長於朝會時一一頒發「遠征課程完走證書」，學生臉上那份滿足自信說明了他們在假期中走出舒適圈的正確抉擇，還期待著下一次更艱難的挑戰呢！翊茹說：「雖然很累，但走在前面的感覺很有成就感。」信全說：「到藻礁那裡的路程雖然有些上坡，但看到藻礁開闊的景象，卻是非常開心的！」我們「走出教室，夢想起飛」的故事還未完，待續……

1 2
3
4

1 燈塔區闖關打卡
2 我們行經桃園棒球場
3 走在舉步維艱的草漯沙丘上
4 到了甘泉寺我們的目的地也就近在眼前了

為愛健走　日月潭百里遠征學習

百里健走　遠征學習再出發

二〇一九年暑假我們挑戰中台灣「彰化到日月潭五天四夜一百三十三公里」健走，再次探索、發現台灣之美。

第一天早上從學校出發，先搭火車來到員林。下午就走了將近二十七公里，有些學生真的被嚇到了！開始喊這裡痛、那裡痛的，但問要不要直接打包回家？都說不要！他們還是願意繼續接受挑戰！展現他們的耐挫力。

在員林運動公園有好長好長一段爬坡路段，應該有十公里，走得好吃力。雖然體力嚴重消耗，但我們還是有小確幸，因為前一天還傾盆暴雨的彰化，竟然放晴了！微風吹拂，一點都不感覺炎熱！加上一路有成畦成畦鳳梨田為伴，讓吃力的上坡路段，多了一些興味。

大自然是無字之書　課本外的豐收

之後我們來到彰化永興社區，要讓孩子們體驗鳳梨酥ＤＩＹ。有個孩子說：「我以為鳳梨長在土裡。」雖然成為夥伴們的笑柄，但這一路上大自然的洗禮，讓孩子們自然而然的學習課本以外的知識，看見有別於都市的環境樣貌。而鳳梨酥ＤＩＹ課程，除了讓孩子了解台灣最夯國際伴手禮鳳梨酥如何製作之外，也讓學生明白鳳梨酥價格昂貴的原因。

一行人浩浩蕩蕩走著，引來不少注目眼光。從南投市區走到水里的路上，總有好奇的阿公、阿嬤突然停車詢問：「啊！你們是要幹嘛？」祺文校長總是非常開心的解釋一番。有人看到隊服上內壢國中，會湊近說：「我也住過內壢！」要不然就突然問：「內壢永興紡織廠還在嗎？」這一路上可愛的人情，增添了不少趣味。

克服惡劣天候　勇往直前不畏苦

這次活動遇到颱風外圍環流影響，時而天晴，時而傾盆大雨。突然的滂沱大雨，讓我們一陣兵荒馬亂、措手不及，把我們淋成了個落湯雞，即便要穿上雨衣也早已濕透，大家可別以為孩子們會叫苦連天，他們可「樂」得很，大人很擔心，孩子們可能覺得不可思議。學生們說：「哇！好涼！」不僅在大雨中行走，還一路踩水窪。

第三天，已經有好幾位孩子的腳都起水泡了，就連校長、老師也無法倖免！祺文校長走到鞋底都掉了！但在老師們的專業處理下，是不影響走路的。所以即便飄著細雨，大家都能撐過，一起翻越一座又一座山巒。這一路從台十六線轉投九十七縣道經潭南社區，繼續走投六十三縣道到日月潭伊達邵。一路爬升的蜿蜒山路，除了我們，少有路人，還真的有點寂寞！總長將近三十公里，見到的路人可能只有五人。孩子們在抵達伊達邵時，竟歡呼的說：「終於看到人了！美麗的日月潭，我們來了！」

讓人憐愛的小兄弟　知福惜福

一行師生走在即將進入伊達邵部落長長的投六十三縣道上，看見了兩個小兄弟，哥哥牽著弟弟，稚嫩模樣惹人憐，尤其這麼小小年紀，沒有大人陪同，兄弟倆默默地走著。祺文校長好奇詢問兩兄弟要去那？哥哥說：「弟弟腦震盪，要帶弟弟找媽媽！」好令人鼻酸的回答。仔細追問：「媽媽在哪裡？為何不打電話？」孩子只知道一路走，就會看見媽媽擺攤的地方。至於電話？沒有！祺文校長趕緊請文義主任開車載兩兄弟去找媽媽。若沒有協助，這一路走起來，孩子到天黑也找不到媽媽呀！文義主任按著孩子的印象終於找到孩子的母親，平安地送達，也讓我們放心了！看著這兩兄弟，我們不免為偏鄉孩子操心！小小年紀就得自己照顧自己。幸好遇上的是校長，如果是壞人，該如何是好？

日月潭新發現　九蛙疊銅像蓄水指標

少亭老師是日月潭在地人，當我們沿著周邊步道走時，他沿途為孩子們導覽，讓大家對日月潭有深入的了解。來到規模弘大、氣勢磅礴的文武廟，了解為何日本人特別讚賞我們崇文重武的精神。文武廟背山面湖，地勢雄偉，風景秀麗，是附近居民的信仰中心，香火鼎盛。登上後殿觀景台，可以遠眺日月潭，視野遼闊，頗有擁抱天下之大度。

到了伊達邵，怎能不品嘗在地美食？祺文校長請孩子們品嘗當地著名紅茶冰淇淋，香濃滋味，久久留香。當然也沒錯過阿婆鐵蛋，還真的很夠滋味呢！想一顆接一顆。還有水蛙頭步道旁的「九蛙疊銅像」，可以觀察九蛙在不同時段露出隻數變化，來發現日月潭抽蓄水力發電的重要功能。走完環潭步道，心中甚是感動，畢竟，一般家庭旅遊或是學校的戶外教學活動，是很難以徒步方式，如此親近土地欣賞台灣。

最漫長也最美的環潭步道

最後一天環日月潭而行，總覺這條環潭步道好漫長？是想家了嗎？孩子們這一天真的是急行軍！足足走將近六個小時，三十五公里的路程，爸爸媽媽應該很難相信，自家寶貝這麼能走！我們用腳跟日月潭做最親密的接觸，用眼賞遍日月潭的每個最美景點，加上祺文校長、少亭老師的生動解說，偶爾逗趣的表情，健走變成一種享受。能和校長一起完成夢想，能和老師們像朋友般相處，看見陌生路人不吝惜為我們加油打氣，這幾天留下的會是什麼？

我們為愛健走，為心路基金會發聲及募款，讓更多人關注遲緩兒童的照顧！也許有人會質疑，為何不直接捐款給心路基金會？其實，我們真正希望孩子做的是隨時起愛心、動善念，每一步都要想到我們是為心路基金會遲緩兒童。如果我們直接一筆款項捐贈，對孩子的意義有什麼？希望遠征學習課程，學生能親自實踐探索體驗，又有責任感和服務觀的養成及生活教育等的學習，成就幫助需要的人，培養孩子未來正確的人生觀。

1	
2	3
4	

1 氣勢宏偉的日月潭文武廟
2 日月潭九蛙疊銅像觀察潭水抽蓄水力發電功能
3 永興社區鳳梨田生態觀察
4 大雨滂沱雨中健走

浪漫台三線健走　遇見真善美

要在豔陽高照的夏日，利用四天三夜的時間走完台三線（龍潭至豐原），會是一件浪漫的事嗎？答案當然是否定的。可是師生一行五十人，在疫情嚴峻的二〇二〇年，為了傳愛做慈善，仍然不畏酷暑舉辦一年一度的「百里長征為愛健走」。這項活動在師生強烈的使命感下邁入第三個年頭，已經成為校本課程——與慈善結合「山綠行書」課程的一部分。我們帶孩子走出戶外為心路基金會募款，展現小小學生的行動力也能產生大大的力量，更將德、智、體、群、美五育充分融入教學中。

心路基金會主任　感謝內中健走募款

台三線百里健走從「龍潭大池」開始，這裡是每年端午節龍舟比賽的地點，還是「千塘之鄉」桃園最重要的觀光大池，水面平靜無波，映照出「天光雲影共徘徊」的美景。大清早，走在台三線上，沿路涼風吹拂，還不甚辛苦。到達關西仙草博物館時，心路基金會的孩子們與我們會合，他們用腳丫印製獨一無二的祝福旗幟為我們加油打氣。基金會張馨云主任致詞時哽咽表示：「因為疫情關係，基金會募款更加困難，感謝內壢國中還願意為他們健走募款。」聽完這一席話，大家忍不住心酸，讓孩子們深刻感受到自己此行的責任，更深深為我們內中孩子感到驕傲。

浪漫景點相伴　忘卻炎熱日頭壓頂

「浪漫台三線」因為以「愛情」命名的景點多而聞名。當我們經過關西東安古橋，一座有九十多年歷史古色古香的橋樑和一條綠樹成蔭、舒適宜人的步道，再加上我們這支美麗的隊伍，畫面真的很浪漫！這座古橋還是電影《我的少女時代》曾經取景的地方，是不是更增添幾分浪漫情懷？再深入關西老街，一個「愛情巷」的浪漫故事，滿載著阿木伯的初戀記憶。到了內灣線合興車站，這個曾經一度面臨廢站命運的車站，因一對夫妻極力爭取認養而保存下來，車站也因此有了「愛情火車站」的名稱。內灣也有一個「愛情故事館」，是許多情侶必訪及ＩＧ打卡的景點。這一路上破表的浪漫，還真的可以讓人暫時忘卻炎熱日頭壓頂走在滾燙柏油路面的痛苦。

這趟旅程好比人生　沒有一帆風順

第二天下午的一場暴雨，雷電交加，狂風大作，孩子們可辛苦了！再加上一直趕路，有好幾位孩子胯下磨破皮（俗稱燒襠），走起路來已經變形。在雨中疾行，球鞋變雨鞋，雙腳浸在潮濕的襪子中，腳底也長水泡、磨破皮了，增加不少傷兵呀！看著孩子們在大雨中行進，真的會心疼！可是孩子們真的好可愛，破了皮也還是要自己走完全程，沒聽到任何一個孩子喊：「好痛，可以不要走嗎？」孩子們真的好了不起！他們知道一如人生，驕陽炙人、風和日麗外，總是會有風風雨雨，但要勇敢前行，才能成就美好人生。這一趟百里健走，絕對是最好的體驗。

台三線沿途有許多客家庄，早期丘陵地上栽種許多茶樹，但經濟作物隨著時代不同而改變，茶工廠越來越稀有，當我們經過峨眉富興老茶廠時，抓住難得的機會參觀。茶廠主人從採茶、製茶的工具說起，到如何製作茶葉的過程，最後如何行銷，知道每個行業都是一門大學問，讓學生上了一堂職業甘苦談的課程。到了大湖草莓園區，也特別參觀酒莊及認識草莓栽種及生長環境的不易，在在道出農民「汗滴禾下土，粒粒皆辛苦」的耕作艱辛。我們用走讀這樣的方式讓學生親近生長的土地，培養出對在地人文風土有感情、有溫度的孩子。

今夏最「浪漫」的事　遇見台灣最美的人情

這一路上來了很多好朋友，有些陪著學生一起走上一段路，給予精神上的支持，有些則帶來當地的美食飲料，讓大家補充體力。苗栗縣警察局長就特別在獅潭一家仙草店請所有師生吃道地客家美食，也陪著我們走了約四公里左右的路程，有局長同行，走起來感覺特別安全！一路上食宿的餐廳民宿，知道我們為慈善而健走，幾乎都賠本做生意，還有隨時加入隊伍的舊雨新知，準備了好多冰涼飲品和水果、點心給孩子們。這些應該都是對孩子們的肯定，也是對內中這項募款送愛到心路活動的認同。在參訪羅福星烈士紀念館時，大湖鄉長特地陪同導覽，能讓鄉長親自為我們導覽，還送每位孩子紀念品，我們可說是最幸運的一群！還有一位中壢區家長會長協會理事，帶著自己身心障礙的孩子，特地前來給內中的孩子加油打氣。另外，本校家長會榮譽會長李仁龍會長已經六十五歲囉！四天的百里健走陪大家走完全程，真的很讓孩子們感動！這次遠征健走四天行程下來，我們接受的實在太多，要感謝的人更多，我們唯有讓自己成為更好的人，才不辜負這些疼愛、支持我們的好朋友。

整個行程在到達石岡水壩及東豐鐵馬道之後畫下句點，看著孩子們乘著風騎著鐵馬滿足的笑容，就知道此行對他們的生命長度而言會有什麼樣的波瀾，對他們心靈豐盈的程度來說也會是永生難忘。所有全程走完的學生，於開學後朝會時間頒發「完走證書」並上台分享，讓學生因為完成這項挑戰而更有榮譽心，進而達成善的循環。

內中傳愛的課程持續進行，藉著為心路募款，我們希望孩子學會關懷與付出。很多事不是天生的，往往需要大人們引導。和學習知識一樣重要的事，是如何去愛、去珍惜，如何承擔責任，還有不要傷害別人！心中有善念，我們自然會希望自己成為更好的人。也許在酷暑中走這一百二十公里並不舒服，但一路上遇到的美善「人情」，一定成為二〇二〇年夏天最「浪漫」的事！

1 台三線茶香處處，參訪峨眉富興老茶場
2 校長頒發完走證書
3 百里健走的起點龍潭大池
4 與背後的石岡水壩合影，表示百里健走任務完成

敞開心扉　讓世界走進來

許多人都知道我除了在學校推動閱讀之外，在假日還時常接待外籍學生，便好奇地問我如何認識這麼多國家的學生，其實是透過教育部友善台灣Hostfamily接待家庭的平台媒合認識的。接待外籍學生的初衷是希望自己的孩子從小培養國際觀，藉著與他們的交流訓練英語聽說能力，但在這接待近十年時間中，我們所獲得的已遠遠超越最初的想法與希望。

敞開心扉　打開眼界

多年來，我們接待的外籍學生遍布世界各地，香港、新加坡、越南、泰國、印尼、馬來西亞、印度、日本、韓國、蒙古、土耳其、約旦、甘比亞、馬拉威、史瓦帝尼、貝里斯、聖露西亞、宏都拉斯、俄羅斯、巴基斯坦、奧地利、澳洲、法國……等國家的學生將近百人。有的學生在我們家住一段時間，有的則是一日旅遊的接待，每一次我們都抱著做好國民外交的想法，用心規劃活動，盡力將台灣最美的人情及風景介紹給外籍學生。

說真的，有些國家也是接待了這些學生才開始去了解認識的。像是聖露西亞這個國家，是一個在加勒比海中的島國，我們的邦交國，國土面積差不多只有桃園市面積的一半（六百一十七平方公里），人口更只有十八萬人，是中壢市的二分之一還不到，整個國家沒有大學，所以念大學就必須出國。還有非洲唯一與我們邦交的國家史瓦帝尼，就是以前的史瓦濟蘭，因為國王想去除過往殖民的痕跡，國名便在二〇一八年改為以當地語言拼寫的「Kingdom of eSwatini」（史瓦帝尼）。若是沒有這些接待的機緣，自己還真是井底之蛙呢！

介紹台灣風土　溫暖異鄉學子

這些年，我們接待甘比亞學生到農園割竹筍、採番茄、搗麻糬，帶著泰國、印度、約旦、印尼、馬來西亞學生參加柿餅節、採咖啡、柚子、橘子、中秋烤肉、賞螢、參觀龍岡忠貞市場、清真寺及龍潭聖蹟亭，又在歲末年終之時，邀請接待過的學生品嘗尾牙宴。豐富的活動讓外籍學生對台灣在地節慶與人文古蹟，大開眼界、讚不絕口！

我們陸續接待不同的泰國、印度學生到桃園忠烈祠、虎頭山、觀音草漯沙丘、白沙岬燈塔、保障宮、甘泉寺、竹北豆腐岩、關西老街、東安古橋、陽明山……等許多具有台灣特色文化的地方小旅行。還有邀請土耳其、史瓦帝尼、印尼、泰國、日本、韓國、巴基斯坦學生，參加桃園平鎮花彩節千人割稻飯活動及咖啡農場生態與烘焙之旅，讓這些外籍學生在異鄉求學時不孤單寂寞，感受接待家庭給予他們如家人般關懷的溫暖。

接待外籍學生　生活更精彩

我們選擇一些私房景點，以在地人文景觀讓外籍學生認識台灣之美，也以能夠介紹這些地方特色給外籍學生而感到開心與滿足，不僅結交世界各地的朋友，更將美善的台灣人情傳遞出去，為台灣盡一份國民外交的心力，讓這些學生留下對台灣的美好印象。

當然，這些外籍學生與我們之間的互動也是溫馨且感恩的。一位印度籍學生在回印度前，煮道地的印度咖哩飯請我們吃，還送了一把簽了名的吉他給我們做紀念，因為在台灣我們就是他最溫暖的家人。在我開設的國際教育性社團，其中泰國的Dech、土耳其的Said及越南的Tan，他們個性開朗活潑，義不容辭廣邀多位外籍學生來校分享各國文化及語言課程，除了讓我們的學生開拓視野之外，也向國際化邁開了一大步，收穫是始料未及的！

連續兩年大年初二回娘家的日子，我也不忘邀請土耳其、史瓦帝尼、約旦、印尼及印度的幾位學生一起回娘家體驗台灣新年節慶及習俗，若不是一部車只能載五個人，還真想讓更多的外籍學生一起來參加我們的家庭聚會。當天吃過午飯，又載著外籍生到桃園最具特色的陂塘去賞鳥，群鳥飛舞，讓我們驚呼連連，外籍學生非常開心與我們共度佳節。

我喜歡認識全世界的朋友，這已不是單純為孩子拓展國際觀及學習語言而已了，更多的是人與人之間良善的互動。只要願意敞開心扉，世界就可以走進來。

1 印度學生煮咖哩飯請大家吃
2 與國際學生一同體驗紙扇拓印
3 史瓦帝尼文化課
4 與印度、日本、印尼學生鶯歌磁磚彩繪

世界嘉年華　看見世界寬廣

冬至國際教育日　體驗台灣文化

在每年冬至這一天，我們都會特別邀請世界各國的外籍學生，一起來體驗台灣文化及冬至節慶特色，因此我們便訂定這一天為「內中國際教育日」，來一場世界嘉年華。

由於我們曾經開設一個「小內中大視界」的社團，進行的方式是每週邀請一個國家的外籍學生到校，與學生做近距離的互動與交流，讓學生的國際視野可以更開闊，雖然社團只維持了一年，但是我們建立的人脈至今源源不絕。

滿滿台灣味　夜市遊戲來助陣

為了擴大國際教育的影響力，特別在每年冬至這一天安排更多外籍學生（大約二十位）進入班級上一堂介紹他們各自國家文化及語言的課程，而我們學生在英文老師的指導下也用英語介紹了台灣文化、節慶習俗及風景名勝給他們了解，就連我們的客家擂茶、童玩竹蜻蜓、打陀螺，還有台灣製造的藍白拖鞋、布袋戲偶都在介紹之列。更厲害的是我們把台灣夜市搬進了會場，撈金魚、彈珠台、BB彈飛鏢射氣球、套圈圈……，一時之間熱鬧喧騰，全場氣氛真是嗨翻天了！每個外籍學生都欲罷不能、樂此不疲，可見我們學生的用心準備，就是想把台灣最驕傲、最具特色的元素昭告世界。

當好幾個外籍學生撈金魚都失敗的時候，一位日本籍的三浦直矢竟然只用一個紙糊的魚網就撈起兩條金魚，當場獲得大家如雷的掌聲及熱情的歡呼，之後還拿起吉他唱了一首日本情歌，讓我們的學生如癡如醉。另一位土耳其姊姊套圈圈套中一瓶香檳（只是空瓶），讓她可是樂開懷了呢！巴基斯坦姊姊用飛鏢射氣球，一個接一個氣球被射中，好不開心啊！既紓壓又有趣的一場台灣夜市嘉年華為我們做了最好的國民外交。

文化分享開眼界　共度冬至湯圓宴

法國籍姊姊在入班交流時，跟學生用法國經典美食互動，我們熱情可愛的學生也拿起手中的布丁、可樂果、科學麵、八寶粥……要請大姊姊吃，結果可樂果獲得青睞，好一堂美食交流課程啊！來自印度南部泰米爾族的哥哥，帶來他們的傳統服飾並示範如何穿著，沒有裁剪的一塊布，經過有技巧的折與綁緊即可成為衣服。印尼籍的姊姊教大家用安克隆搖竹合奏了幾首簡單的曲子，最天然原始的樂器，發出天籟之音，真是神奇！史瓦帝尼哥哥把最具特色的雕刻、服飾及文物帶來展示，還說明了我們與他們深厚的邦誼超過半個世紀。馬拉威姊姊帶來一支傳統舞蹈，一時之間此起彼落歡樂的聲音圍繞整個校園。

中午外籍生與我們一起共度溫馨的冬至湯圓饗宴活動，讓外籍生真實地品嘗台灣節慶美食，大快朵頤、齒頰留香，讚不絕口！當然我們也特別為幾位信仰伊斯蘭教的學生們準備了素食，因為他們除了不吃豬肉之外，其他的肉類都須經過阿拉認證，還有泰國籍學生喝湯一定要使用湯匙，這些都是我們不可忽略的待客之道。一個午餐時光，我們教導學生接納尊重多元文化。

體驗漢字之美　春聯瓷刻齊發威

外籍學生來到台灣學習中文是很重要的一件事，為了讓大家體驗漢字之美，我們特別安排寫春聯及瓷刻藝術活動。學生各個都化身為小小解說員，為外籍生說明春聯的意義及書寫方法。例如：「招財進寶」、「日日有見財」寫成一個字，不僅喜氣洋洋，還充分地傳達人們對新年的願望。而瓷刻是書法藝術的進階版，除了要有書法的基礎之外，在使用雕刻刀時得審慎，每一刀都要非常精準，不過這些外籍學生都是第一次接觸瓷刻，作品雖稱不上完美，但可都是別具特色。日本哥哥刻了一架飛機從日本飛到台灣，法國哥哥跟文謙都刻了一樣的「招財進寶」的杯子，特別合照了一張相片，好記錄一下這樣千里相遇的緣分。燒製完成的瓷杯，拿在學生手上，好像可以看到他們滿懷感恩及幸福的笑容。

一天的交流活動，帶給學生的除了滿滿的收穫，還有「世界無限寬廣」的衝擊。佑融說：「原來法國很少7-11，倒是有家樂福，但發音不一樣，也得知法國人愛抱怨、商店很早關門……等，很好的體驗！」琦恩說：「我原本以為印度是落後的國家，經過這次的交流活動讓我改觀了，他們很幽默可愛又善良。」

1 體驗台灣過年文化──寫春聯
2 印尼姊姊指導搖竹合奏
3 學生向法國哥哥介紹漢字書法
4 日本哥哥撈魚成功

認識多元文化　從東南亞開始

認識東南亞　顛覆世界觀

我們生活在國際化、全球化浪潮的時代，但常偏執的把西方觀當作國際觀。近年來東南亞國家經濟突飛猛進，擁有龐大的市場與強勁的動能，我們發現有愈來愈多台灣學生到東南亞國家留學、遊學，甚至作為畢業後就業的地點。因此，我們希望在國中階段就透過課程，來破除學生「西方觀等於世界觀」的孤陋狹隘眼界，若想要擁抱世界，其實從認識我們鄰近的東南亞國家開始是不錯的方法。

回想以往我們在國中時期所上過的課程，老師教授東南亞國家時，除了對其地理位置、氣候、地形的介紹之外，對於其人文社會歷史的著墨其實少得可憐！以至於我們對東南亞人文歷史的了解是匱乏且陌生的。我們因為不知道甚至不了解而產生歧視，加上東南亞國家又有許多移工遠渡重洋、離鄉背井到其他國家尋求工作機會的現況，我們不由得對他們產生落後、貧窮、髒亂的刻板印象，我們在不知不覺中已然成為歧視他們的共犯，突然驚覺我們對東南亞的認識不僅貧乏更是偏頗的！

因為了解　才能尊重接納

以前，我們沒有細數過東南亞到底有幾個國家；我們也可能不知道「藤球」是東南亞最時尚的球類運動；更沒聽過印尼「搖竹」可以奏出如天籟般的音樂；我們還不知道在泰國摸別人的頭部是忌諱的；我們也可能不了解，在台灣雙手抱胸是生氣、憤怒、防衛的意思，但在越南或緬甸卻是代表恭敬、有禮貌。而緬甸全國無論男女老少、身分尊卑高低都只愛穿拖鞋，因為緬甸是佛教國家，信徒穿拖鞋方便進出寺廟。我們若不積極瞭解東南亞的歷史人文，又怎麼能跟他們有進一步的交流？

為了讓學生對「多元文化」有更多的了解，我們成立了「小內中大視界社」。由於社團課程可以多元又具彈性，因此，讓學生上台介紹東南亞國家的風土民情、歷史文化、飲食習慣、貨幣面額……等，還真有許多令人驚嘆連連之處！而最讓學生崩潰的是，看到越南、菲律賓人喜歡吃的鴨仔蛋，一隻未孵化的鴨仔的雛型，早把學生嚇得哇哇大叫，又怎麼忍心吃得下去？

我們再利用假日時間安排走讀活動，在「新移民學習中心」學習緬甸文化、製作籐球及東南亞美食。其中越南春捲及印尼炸水餃，料好味美，很受學生的歡迎，透過動手實作，確實學到十分道地的製作技巧，品嘗緬甸粑粑絲、雲南豌豆粉，讓大家的味蕾對美味又多了許多記憶。樹傑說：「我最喜歡緬甸粑粑絲，真是太美味了！」

認識各國風土民情

課堂上廣邀東南亞國際學生為我們上「印尼」、「泰國」、「越南」及「馬來西亞」文化及語言課程。印尼學生帶著他們傳統的樂器「搖竹」，用很短的時間就讓學生合奏出〈小星星〉及〈你鼓舞了我（You raise me up.）〉兩首曲子。那天籟般的聲音與鋼琴、小提琴相比還真一點都不遜色，最重要的是這種樂器相當環保又便宜，一整套三十幾個竹製樂器，每個樂器發出一個音階，須要團隊合作、默契十足，才能完成一首曲子。泰國學生及越南學生不僅介紹國家歷史人文，還有語言教學，才發現越語跟華語有些相近，學起來比較有成就感。馬來西亞學生除了告訴我們許多有趣的歷史人文之外，還帶來他們家鄉非常美味的現炸「魚餅」，讓我們的學生吃得津津有味。睿杰說：「我最想到馬來西亞去玩，因為那裡有很多華語歌手，像黃明志的歌就很好聽。」千祐說：「最想到柬埔寨去玩，因為有座著名的古老的神廟——吳哥窟。」耀云說：「越南女性穿著的國服奧黛，很漂亮飄逸，讓我印象深刻。」宥云說：「以前從來不曾想過要去東南亞國家，但現在卻充滿好奇，想去一探究竟。」芯妤說：「原本以為東南亞國家很落後，其實他們也有發達的城市、美麗的建築物。」愛慈說：「最想去新加坡，金沙酒店、魚尾獅、濱海灣花園，真是美呆了！」

透過這些豐富多元的課程設計，學生不僅得到許多新觀念及新知識，同時也對東南亞文化有更深入的了解。希望這樣的學習讓學生知道「西方觀並不等於國際觀」，希望他們對這廣大的世界，可以從認識我們的鄰國開始，展開雙臂去擁抱他們，也可以思考自己在世界的定位，讓我們有機會帶著台灣走進世界。

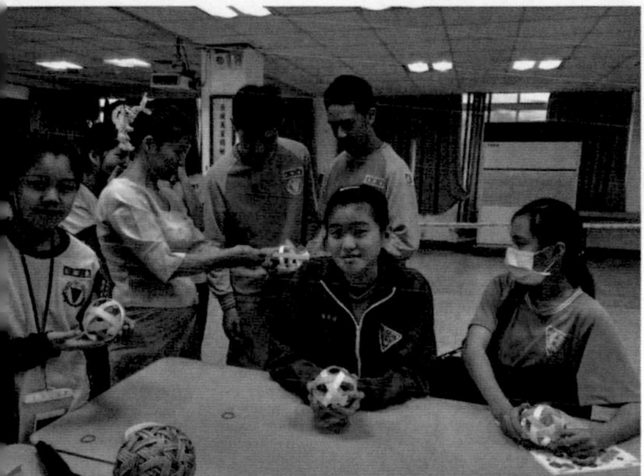

1 2
3
4

1 泰籍學生教大家泰國問候方式
2 新移民學習中心製作越南春捲
3 印尼搖竹的旋律如天籟
4 製作東南亞藤球

強化閱讀體驗　遇見異國文化之旅

從《外婆家有事》看移工問題

閱讀課堂上，跟學生探討一本有關東南亞移民移工議題的書——《外婆家有事》。作者張正在書中提到二〇一三年八月十一日的印尼開齋節後的第一個星期假日，大批信奉伊斯蘭教的印尼移工聚集在台北火車站大廳歡樂慶祝，造成搭車民眾的不便而引發爭議的問題，讓大家對伊斯蘭教最重要的節日——開齋節有機會加以了解並進而理解。這是我們選擇東南亞移民移工議題作為閱讀課程的原因之一。

桃園是最多新住民及移工的城市

桃園市是全國移工人數最多的城市，目前大約有十一萬人之多，也就是大約每二十個桃園市居民就有一個來自東南亞的移工，若再加上因婚姻關係而住在桃園市的新移民，桃園可以說是一個「東南亞就在我們身邊」的一個城市。更重要的是政府提倡的新南向政策，鼓勵企業南進發展，因此，我們似乎已刻不容緩地要讓學生了解更多有關東南亞的人事物了。

桃園有許多工業區需要移工注入人力，本校剛好位於內壢工業區附近，有名的「日月光半導體製造公司」就只與學校相距一兩百公尺而已，每天都可以看到成群結伴的東南亞移工走在街道上。中壢龍岡還有一座為伊斯蘭教徒而建造的清真寺，忠貞市場賣著許多東南亞異國美食，忠貞國小更有一個新移民學習中心，這麼多的東南亞人文與我們近距離地接觸，而我們卻對他們十分陌生，甚至產生一種落後國家的歧視與誤解。基於以上種種原因，我們的閱讀課不僅帶領學生閱讀《外婆家有事》這本書，我們還帶著學生走出教室，實地走訪在地的異國文化，真正實踐「讀萬卷書，行萬里路」。

參觀清真寺　了解不同宗教

龍岡清真寺是台灣七所伊斯蘭教信仰中心之一。我們去參觀的那天，剛好遇到他們一天之中五次禮拜的晌禮（中午十二點三十分左右），負責的董事長非常熱情友善，帶我們到處參觀，還讓我們進入禮拜堂感受穆斯林信仰的虔誠，他們面對著麥加的方向禮拜，這是伊斯蘭教徒的基本功課，也是直接向真主阿拉懺悔的方式。走到室外有位長相甜美的年輕小姐正在準備水果點心，熱情地讓我們拍照。

前進美食街　品嘗異國美食

清真寺與忠貞市場比鄰，許多東南亞美食聚集在此，不用出國就可以嘗到道地的異國料理。我們吃過了娘惹糕、薑黃飯、泰國涼拌木瓜絲、越南法國麵包、越南春捲，印尼炸水餃、印尼甩餅……之後，接著到新移民學習中心由講師為我們上一堂更深入的東南亞文化的課程。從地理位置、各國語言、服飾、樂器……等風土民情，到越南春捲及印尼炸水餃美食DIY製作，讓我們對東南亞有更完整的了解。走出課室之外的學習，的確讓人感受到這是一趟豐富之旅。

一次，在台北華山文創園區舉辦的「東南亞移工」特展，主題正是目前台灣六十多萬個東南亞移工的六十多萬個故事，我們不辭辛勞又帶著學生到展場，了解更多移工的故事，希望我們的學生透過這一連串的課程學習之後，對於就在我們身邊的東南亞「移人」，有多一點的接納、尊重與理解。

1
2 3
4

1 新移民學習中心印尼炸水餃DIY
2 到華山文創園區參觀東南亞移工特展
3 新移民中心講師介紹緬甸樂器
4 讓學生體驗戴伊斯蘭教頭巾

世界咖啡館　與國際學生聊文化

邀請元智大學外籍生　進行交流活動

為了讓學生拓展視野、擁有國際觀，我們在二〇一七年的暑假期間舉辦了一場翻轉教育的課程——世界咖啡館之探索世界，因地利之便邀請元智大學的外籍學生到學校，來跟一百二十多位學生進行一次國際文化的交流活動。

以「世界咖啡館」的方式進行交流活動，這是一種在輕鬆的氛圍中，透過彈性的小團體討論，真誠對話的分享活動，大家可以輕鬆自在地打開話匣子，全心投入對話。也是一種平等而開放的對話，參與對話的每一位成員，不論職務、階層、經驗、種族、性別、信仰等不同，只要是被邀請上桌，都是可以與其他人交流看法的。

國際對談　考驗語言能力

我們課程設計分成四部分：首先由外籍學生介紹自己國家的地理人文風俗習慣及分享他們在台灣的所見所聞；第二部分是用「文化百寶箱（Culture In A Box）」方式進行外籍學生與內中學生眼中不同的台灣觀點與印象交流活動；第三部分以班級為單位做分組交流活動，由學生提問，外籍學生回答；第四部分安排了瓷刻藝術及品茶文化，讓外籍學生更了解中國文字之美與飲茶文化在生活中的重要性。

文化交流　學習交際禮儀

參加此次活動的元智大學學生分別來自印度、印尼、馬來西亞、越南及甘比亞五個國家。因為他們來台時間不長，中文表達能力大部分不很流暢，需用英文溝通，所以我們的學生在課前要先做功課，在面對外籍學生時再努力用所學過的英文溝通，比手畫腳過程中趣味橫生，除了增廣見聞，也學習與初次見面的外國朋友交談時應注意的禮儀。湘予說：「當看見黑皮膚的甘比亞外籍學生時，覺得很酷，卻有同學笑出聲來，我覺得這樣很不尊重人家。」政偉說：「經過這次活動，讓我們學習接納不同膚色或文化的人。」庭筠說：「希望以後常舉辦類似的活動，真的很棒！讓人大開眼界。」建豪說：「外籍學生友善又熱情，尤其是越南籍學生很活潑，其中兩位是老師耶！」過程中看見學生好學不倦的眼神以及歡樂的笑聲，我想應該是一次很棒也很難得的國際交流活動。

文字瓷刻　實用兼具藝術

下午瓷刻藝術課程，我們邀請長期在內中教授書法的郭素老師帶領大家進入一個豐富迷人的瓷刻世界，將漢字優美的各種書體雕刻在瓷器之上，具有實用與藝術雙重的價值，當使用杯盤、花瓶等器皿時，也有賞心悅目的感覺。

來自五個國家的元智大學十二位學生，熱忱地分享他們的文化與經驗，讓學生有一次難忘的異國文化洗禮的經驗，希望他們經過此活動後可以勇敢開口說英語，不再懼怕英文，並且友善面對外國朋友，減少隔閡與距離。

1	
2	3
4	

1 專心學習瓷刻的外籍學生
2 與甘比亞學生交流中
3 進行文化百寶箱活動
4 越南學生分享台灣印象

日常工藝美　共學交流無國界

郭素老師熱忱　開啟書法瓷刻藝術

在校內推動瓷器彩繪與瓷刻美感教育，要從自己接觸書法藝術開始說起，大約十多年前就跟著認真又有耐心的郭素老師學習，許多校內同事也都被老師對書法教育的熱忱與執著感動，加上老師十多年如一日，一心就是想要推廣發揚書法藝術之美，因此我這一寫書法就十幾年了。

前進鶯歌臺華窯　體驗彩繪瓷器與瓷刻

幾年前郭素老師舉辦個人書畫與瓷刻展，看到老師作品的那份美好，多麼想跟老師一樣，有朝一日家中所使用的茶壺、茶杯、花瓶、擺飾等器具是自己親手製作的。所以開始找材料做瓷刻，在經常往返鶯歌製作的過程，發現其實可以帶學生們體驗瓷器彩繪，加上學校藝文領域也正好在進行美感教育課程，所以就選在學生會考完畢後的一個週六假期，大家在內壢一起搭火車到陶瓷重鎮——鶯歌，從火車站步行至臺華窯彩繪瓷盤與瓷杯，中午轉往鶯歌老街參觀與用餐，解決了交通與午餐問題，其他問題就容易處理了。因此，在召集學生與老師們參與此活動的過程，是十分踴躍與順利的。

彩繪瓷器所使用的釉料與水彩有很大的不同，釉料是一種較難掌控的繪畫素材，所以要完美呈現瓷器上的色彩，是需要長時間的磨練，看似簡單的圖案，其實是有大學問的，只有親身經歷才能體會箇中巧妙。在釉藥方面，有傳統的灰釉和鉛釉，還有現代的長石釉和熔塊釉，以及技術高超的還原釉和多采多姿的釉上彩、釉下彩。小菲說：「構圖與上色都沒有想像中的簡單耶！」安蕎說：「土坯太脆弱啦！稍一不慎就缺一角了！」可見瓷器彩繪的學問有多大啊！要小心翼翼拿捏釉料的濃淡與彩繪的力道，真是不簡單啊！

手腦並用　共享美的感動

除了瓷器彩繪非常迷人之外，還有瓷刻藝術也令人神往。「瓷刻」顧名思義就是在瓷器上雕刻。我們先將上好釉料或沒上釉料的土坯準備好，依照不同的製作方式教導學生。釉上彩只要選好圖案或字體，直接刻在土坯上即可，過程簡單但下刀必須精準小心，不然很容易「一失手成千古恨」。釉下彩比較費時、費工，先要在土坯上塗上一層淡墨，功力好可以直接刻字及圖案，若想避免作品失敗，可用黑墨寫好字再刻。刻上字與圖案的作品，最後都得再送至鶯歌陶瓷工廠，放進窯裡燒製一星期才算完成。

共學交流無國界

我們利用國際教育日的機會，連續幾年邀請了十幾個國家近五十位國際學生到校與學生進行一場書法與瓷刻藝術的課程。外國學生對中文既害怕又喜愛，害怕的是華語文很難學，但卻喜愛漢字的優美，尤其是書法的千變萬化，同樣一個字卻有篆、隸、行、草、楷等不同的書體，多少外國朋友提到書法不僅覺得神奇，更是愛不釋手，若是能請一位書法大師用毛筆寫下他們的中文名字，他們就會開心得不得了。

學生傑安說：「印度籍的哥哥很小心地刻上自己的中文名字「席嵐」在土坯上，但用毛筆寫在書籤上的時候，字的筆劃是組合而成的，不是由上而下、從左到右，可見漢字對他們而言就是圖像而已，依樣畫葫蘆。」綵萱說：「土耳其籍的哥哥除了刻字之外，還刻上土耳其國旗中星星、月亮的圖案，真是愛國！」雖然瓷器彩繪與瓷刻都是學生的初體驗，但當學生拿到自己的作品時，還是有如獲至寶的感覺，畢竟這樣的體驗是非常難得的，彼此用中文、英文及肢體語言夾雜的互動訓練表達力，和外國的大哥哥、大姊姊共同學習漢字之美，不僅我們的學生可以扮演小小外交家的角色，同時也在做中學培養美的感受力，並懂得為日常器物添加美的元素，是一舉數得的課程與活動。

1
2 3
4

1 如獲至寶的作品
2 法國哥哥和文謙刻了相同的文字
3 與印度及馬拉威學生共學瓷刻
4 郭素老師示範釉上彩瓷刻

與國際學生一起走讀咖啡農場

早期的台灣喝咖啡不如喝茶來得流行，所以很多人是沒有機會看到咖啡樹與享受親自採摘咖啡樂趣的。近年來，台灣喝咖啡的人口越來越多，一時之間讓我們對這時尚的咖啡文化重視了起來，不過台灣咖啡大部分是進口的，喝起來好像沒有親切感。

若要說起台灣本土咖啡，首先聯想到的一定是雲林古坑所生產的咖啡，而隨著市場需求量的增加及消費者對本土咖啡的喜好，現在台灣有許多地方也都看得到咖啡園了。就連北回歸線以北的桃園也有咖啡栽種的農場，雖然產量不如中南部，但也足夠我們來一趟咖啡生態體驗。

糌粑崠咖啡及糌粑崠命名的由來

家兄在桃園龍潭糌粑崠栽種咖啡樹已十多年，他將原本種滿茶樹的丘陵地，改種了其他作物，像是洛神花、李子樹、綠竹筍，當然還有咖啡。其實，咖啡適合生長在赤道與南北迴歸線之間，而我們的咖啡位於北緯二十四點八度，生長範圍超越了北迴歸線的軌道，氣候上雖然差一些，但所生產出來的咖啡卻有一種焦糖回甘獨特的口感，反而是一大特色。

關於「糬粑崠」這個地名，大家也一定很好奇。從前人為一個地區命名的時候，常用其地形樣貌作為根據，像是雞籠山、紗帽山、五指山、乳姑山……。「糬粑崠」就是形狀像客家人婚喪喜慶拿來當作點心的「糬粑（麻糬）」，而糬粑崠這座兩百多公尺高的山形，就像這種簡單的米食擺放在裝滿花生粉的盤子裡時，圓圓一團的樣子。

上山採收咖啡豆　體恤農民的辛勞

既然自己家就是種咖啡的，當然要來一趟咖啡生態走讀活動囉！為了讓本校親師生能夠認識陌生的咖啡文化及生態，就趁此地利之便，我們有了一趟咖啡生態及手工烘焙咖啡走讀之旅。首先，我們讓學生知道咖啡適合生長的地區、氣候、地形與品種，然後進入農場體驗。活動當天必須先爬上四十五度陡斜的山坡採咖啡，身體要注意站穩外，還要觀察咖啡豆的成熟度，一不留神很容易跌倒滑下山坡。

至於咖啡豆要如何辨識已經成熟？並不是所有紅色的咖啡都可以採，要呈現暗紅色且摸起來微軟的豆子才算合格，因為同一株的咖啡豆並不是同時成熟，會有紅、綠色的豆子錯雜生長，若是採了綠色的豆子那就非常可惜了！之後將採好的咖啡剝去紅色外皮，經過一星期左右陽光曝曬後，再脫去一層如花生殼般的外殼，以手工炭烤烘焙咖啡，最後研磨沖泡，學生們都一一地用雙手完成，讓大家體會想喝一杯香濃可口的咖啡是非常不容易的，所有農夫的辛苦都是一樣的。

與國際學生共遊　文化交流不打烊

這次活動我們還邀請了土耳其、泰國、印尼等國家的碩、博士學生一起來參加，讓國中學生透過活動與國際學生做文化上的交流，雖然他們的英語不流利，但透過微笑與肢體語言，很快地就打成一片，不用拘束是否要很合乎文法才可開口說話，對於面對外國學生可以不必感到害怕，學生用得體的言行舉止做了一次很棒的國民外交，應該是一天活動下來最大的收穫。

學生們透過咖啡體驗活動，學習尊重自然、環境永續、體恤農民的辛勞，愛物惜物。而與外籍學生做交流，除感覺興奮之外，更多的是佩服這些外國的大哥哥、大姊姊遠渡重洋到台灣來求學的精神。恩竹說：「媽媽是越南籍，英文很好，所以我的英文還不錯，活動中可以用英語溝通。」冠昇說：「我要趕快把英語學好，以後也要出國留學。」軒可說：「我認識的泰國哥哥活潑開朗，我們成為好朋友了！」沛儂說：「經過這次採咖啡的活動，才知道要喝一杯咖啡，真是不容易！」于葶說：「土耳其的哥哥是穆斯林，他一天要做禮拜五次，每次都要把臉、耳朵、手腳清洗一下，再虔誠禮拜。」這樣自然而然的交流活動，學生不僅在認識異國文化或語言會話能力上都會有一定程度的進步。

地如其名的糬粑崠　體驗搗麻糬

我們活動安排除了咖啡體驗之外，還有搗麻糬、愛玉咖啡凍ＤＩＹ。我們家後面就是糬粑崠，所以來到這地如其名的地方，當然是要品嘗一下麻糬的滋味啊！還記得小的時候常去親戚家作客，飯前一定是先來一道「糬粑」這種甜點，那滋味雖不是山珍海味，但也有一份吃在嘴裡甜在心裡的幸福感。另外，愛玉咖啡凍所用的材料純天然，自然又健康，非常符合永續環保的概念。

透過以上這些活動，讓學生學習尊重自然、環境永續、體恤農民的辛勞，愛物惜物，是一趟知性與感性之旅。

1	2
3	
4	

1 與外籍學生一起品嘗台灣在地咖啡
2 搗麻糬DIY
3 和外籍學生一起手工剝咖啡豆
4 抱著成簍的咖啡成就感十足

開啟國際教育之門　美國姊妹校交流之旅

與舊金山米爾皮塔斯中學締結姊妹校

為推展國際教育，內壢國中已於二〇一八年三月與美國舊金山米爾皮塔斯中學簽訂姊妹校，交流至今已有三年多的時間。教育部於二〇二〇年啟動「中小學國際教育白皮書2.0」。在「接軌國際、鏈結全球」願景之下，「國際教育2.0」提出三個目標：即「培育全球公民」、「促進教育國際化」及「拓展全球交流」，顯然本校在國際教育領域已超前部署。

因為這份機緣，讓我們有機會深入了解美國加州的風土人情，三年多來已參訪交流兩次姊妹校。行前都有為期一週的培訓課程，由公民科美倫老師、綜合科靜宜老師、英語科瀞儀老師、童軍技能部分秋貝組長及鈺敏老師等教授美國人權歷史、社交餐桌禮儀、會話應對問候語、體能訓練，讓學生做足參訪的功課，避免流於走馬看花式的旅遊。書語說：「從行前的培訓，開始認識彼此，到旅行時結交的朋友，讓我了解不同國家的文化差異，收穫滿滿之外還十分難忘！」

我們除了與姊妹校學生做知識、文化上的入班學習與交流，用直笛表演有濃濃台灣味的〈丟丟銅仔〉、〈雨夜花〉及阿美族的〈海洋之歌〉，也有代表台灣原住民的舞蹈。還有參訪當地名勝風景行程，像是：金門大橋、漁人碼頭、藝術宮、九曲花街、Apple Park門市、Google總部、職棒殿堂大聯盟球場、史丹佛大學、柏克萊大學、優勝美地……，讓學生真是大開了眼界！明樺說：「參訪美國一流名校史丹佛大學，有遼闊無邊綠草如茵的校園、典雅古樸美輪美奐的校舍及莊嚴華麗又不失浪漫的古教堂，還有一個讓大家流連忘返的坎托藝術中心，因為珍藏著雕塑大師羅丹作品〈沉思者〉，真是不虛此行！」校長還特別期許鼓勵孩子們：「希望以後這裡是你們的母校，大家加油！」

優勝美地露營健行

其中還有讓人印象深刻的行程是到優勝美地露營健行，穿梭在偌大的森林巨木中，遠眺酋長岩、半圓丘、新娘面紗瀑布、冰河運動形成U形山谷，徜徉天大地大的廣闊舒坦，此生難忘！可晴說：「爬上Nevada Fall頂時看見花栗鼠的驚喜，發現靈活快閃的鹿，陽光灑在瀑布上映出的虹霓……，一切是那麼的夢幻！一路艱辛攀爬換來的成就感，是無法用言語形容的。」心愛說：「在三天缺水沒電的環境露營真是辛苦，在營地的三餐都要自己煮很麻煩，雖然抱怨連連，但大家學習到分工合作的可貴，努力完成餐點的過程有趣，吃起來格外美味。」

二〇二〇年二月原訂邀請姊妹校師生參訪台灣，卻因為疫情而取消，讓雙方師生極為失望，但兩校情誼與關心從不間斷，學生彼此仍在網路上持續問候聯繫，尤其美國疫情嚴峻之際，更顯見我們友誼的溫暖。學生每年聖誕節前都會在英語及資訊課程中設計聖誕卡片寄給遠方的姊妹校學生！學生的聖誕賀卡除了祝福對方佳節愉快之外，更重要的是希望他們可平安度過疫情的威脅，二〇二一年健康快樂！

這樣真正踏出國門的國際交流，是讓學生開拓視野、邁向國際化的一大步，也看見學生自動自發、團結互助、自省成長、重視生活常規，收穫始料未及！

1 2
3
4

1 優勝美地U形冰河谷地美景
2 在姊妹校入班共學
3 綠草如茵的史丹佛大學
4 在姊妹校表演原住民舞蹈

璀璨60——內中閱讀　我看見

這本《復華一街的奇蹟——閱讀的無限可能》出版之際，欣逢內壢國中創校六十周年。一所學校走過一甲子光陰，有無數的學子在這裡度過青春年少時光，甚至許多師長大半的教學生涯也奉獻在此，大家看見內中不斷地創新卓越，一定對這所珍愛的學校有許多想法。以下集結六十位老師、學生、校友，甚至有近幾年參與國際教育的外籍學生給本校在閱讀推動及國際教育方面的肯定與鼓勵。因為我們的努力，內中閱讀被看見！

內壢國中六十周年校慶生日快樂！真的是為大內壢地區學子服務一甲子了，教育熱情與創意讓內中持續領先屹立不搖。

內中就是我當老師的家，更是培育我成為桃園市國中第二十四期候用校長的搖籃，在內中擔任輔導主任短短五年的歲月中，最精采的就是閱讀走讀的跨域整合，實際帶領孩子們擁有傳愛的核心素養社會參與行動。內中擁有最棒的行政領導團隊，還有最支持老師的家長會，以及最熱情的教師群，而我最幸運的是組成最前瞻的跨領域合作，以國文領域教學團隊，參加上語文領域教學創新，用國文課與齊柏林導演相遇。

《梁實秋（鳥）課文環境反思與實踐——淵壢傳愛家》參加二〇一九年全國學校經營與教學創新KDP國際認證獎語文領域榮獲「特優」。我要特別感謝當時的祺文校長大力支持推動，還有一起推動的青艷組長、秀嬌老師、清祥老師，尤其是以齊柏林導演「看見台灣」角度，以國文領域進行創新教學，給孩子們無限的環境守護的能力，還有清祥老師實地帶著學生守護小燕鷗，我充滿感恩。謝謝最優質的內壢國中團隊，期望內中下個六十年持續創新多元卓越領先，帶給學生滿滿的關懷傳愛行動的能力。

——李文義校長

「凡走過必留下痕跡」，去年甫獲得全國教學卓越金質獎的內壢國中，在師生這些年的努力下，一步一腳印的實踐一個個豐富的課程與教學活動，帶動學校整體發展提升，贏得社區地方人士一致肯定。

透過秀嬌老師溫潤樸實的文字和影像記錄，帶我們重溫精彩的一篇篇內中故事，與您分享——「復華一街的奇蹟」。

——陳秋貝主任

活力十足、點子又多、行動力更是沒話說的秀嬌老師，她為內中的閱讀教育開創許多新局。在教務處跟秀嬌老師合作這四年期間，我們一起上山下海，走讀在地風景、走讀歷史文化；為讓內中孩子看見自己生活、生長的土地，經常假日陪著孩子們趴趴走，桃園境內到處有我們的足跡：綿延無邊際的草漯沙丘、瀕臨破壞的觀新藻礁、如水晶般發光的陂塘……。可別以為我們的腳步僅止於桃園境內，台東到花蓮、彰化到南投、龍潭到台中，跨縣市的為愛健走，豐富孩子們的國中生涯，並且結合慈善，讓孩子們除了拓展視野，也學習到做善事不需等長大，不需等有錢，行動可以克服一切。要特別感謝秀嬌老師！教務處這四年，我們能獲得教育部閱讀推動最高榮耀閱讀磐石獎，內中最佳閱讀推手，非妳莫屬！

——吳紫文主任

說到閱讀，內中的閱讀推動實在有很大的魔力，不僅止於紙上的閱讀，我們帶著孩子們走出教室，閱讀一本一本精彩的人文、歷史、山林之美……等無字的大書，試著不斷的帶孩子打開眼界，踏上體驗學習的旅程，想像孩子的眼界有多大，未來的世界就有多大。內中的四大特色課程「山、綠、行、書」就是帶孩子走出教室，帶著自信面對所有挑戰，克服所有難關，讓夢想無限可能。

——李孟倫主任

去年來到了內中，接任設備組長一職，最興奮的就是可以時常接觸圖書館與閱讀相關事務。參與了地景藝術走讀、邀請著名電視劇《做工的人》作者林立青到校演講、E化築夢繪本的製作與市府藝文町成果發表、以享用東南亞美食的方式來體驗異國文化等等，將閱讀身體力行於生活中。當親身融入這個充滿閱讀能量的場域時，終於知道是何種原因帶來滿滿的喜悅。

原本在要擔綱設備組一職時深感惶恐，因為閱讀推動是其中最大的困擾之一。相信近年來各校的設備組在接任組長時也有同感，而此書提供了很多不僅是組長、閱讀推動教師、圖書管理員、志工等閱讀方面的解答，也可以說是經過時間淬鍊的閱讀推動百科，給予大家參考的良方，一起和同業們分享閱讀的喜樂。

——張心馨組長

內中學生多才多藝讓人驚豔呀！影像扎根是繪本及動畫創作大型計畫，學生從題材發想、腳本創作、手工繪圖、動畫製作、動畫配音一步步完成作品。由醒吾科大黃建勳教授、本校張瓊文老師共同指導，歷時兩年終於完成《工作專賣店》繪本及動畫創作，過程漫長又辛苦，成果豐碩而甜美！製作師生參與創作、作品發行、聯合發表會，我們攜手走過並且留下充實難忘的美好。——此致最優秀的影像扎根夥伴。

——蔡姵娟組長

學生實作時快樂的笑語，動手時認真的表情，以及閱讀時專注的心流都是平凡卻深刻的畫面。在內中，透過多元且豐富的各式閱讀課程，讀自然、讀世界、讀生命，用心感受自然環境的變化，享受文字語言的魅力，認識自己，與他人交流，進而滋養生命，豐富精神。一同身為內中人——我閱讀我驕傲。

——詹青豔組長

英國大文豪莎士比亞說得好：「書籍是全世界的營養品。生活裡沒有書籍，就好像沒有陽光；智慧裡沒有書籍，就好像鳥兒沒有翅膀！」偉哉斯言！遵循者在內中！內中從祺文校長到益修校長都是人文底蘊深厚、目光長遠的治校者，他們都明白：要改變、擴大孩子的視野，先從閱讀開始！兩位校長也都具識人之明，啟用了對推動閱讀有熱情、有思想、有方法的秀嬌老師。

內中這幾年在秀嬌老師全力推動閱讀教育的潛移默化下，書籍變成內中學生不可分離的生活伴侶和導師，而閱讀帶給內中學生最即時的回饋則是：內中學生在會考的表現蒸蒸日上，羨煞他校，殊不知內中是下了功夫灌溉閱讀園地，開了好花、結了好果啊！

——黃玉芬老師

在內中執教已近三十年，這期間的前三分之二時間，「閱讀」在內中可謂一片沙漠。直到六年前秀嬌老師參與閱讀推廣並嘔心瀝血地經營，今日內中閱讀教育已然成為一片枝繁葉茂的綠洲了。

猶記得秀嬌老師接下圖書教師後不久，校園出現了十幾張漆著絢麗多彩的椅子，是秀嬌老師帶回家精心塗繪的，目的無非是想吸引學生坐下閱讀的意願。當下，感受到秀嬌老師用心良苦和堅定的決心。爾後圖書館改建，成為充滿書香、藝術化的園地後，每遇閱讀課，總有學生積極地問：「老師，什麼時候可以到圖書館上課？」可知境教對閱讀推廣的影響確實很大啊！

曾參與了幾堂秀嬌老師的閱讀課程，其中東南亞文化的課堂上，除了自身吸收見識到不少東南亞文化的美食、服裝、風俗等知識外，加上學生們的踴躍參與老師精心規劃的課程，著實令人難忘！也曾參與新竹員東國中當地社區采風和竹東車站的探訪之旅：漫步廣闊田埂上，欣賞四周田園風光、搜尋不知名植物樹種和尋根探源當地社區文化特色，享受的不僅是知識美，更是深層的心靈之美啊！

每到閱讀月，發下新年新字願或漫畫名言佳句的紙卡時，看到學生們無不用心且熱烈的尋找資料，竭力創作。一份份學生精美的作品，不僅令人體悟閱讀何止是文本閱讀而已，它可以用各種型式，無所不在的啊！

——鄭文莉老師

在內中耕耘多年，見證圖書館從補校旁移到現址——這裡當年還是超大的辦公室，下課學生湧入就像菜市場，每個青春洋溢的孩子跑跑跳跳，樓下的穿堂就感覺轟隆作響。轉變成圖書館後，書籍雖然變多但也顯得更擁擠，一排排的書櫃彷彿站崗的士兵，帶點嚴肅和苦悶！

圖書館改建後氛圍不同了，藍天甜蜜地看著高貴端莊的瓷刻姑娘，行草四處飛簷走壁，與時俱進的書變多，科技和人文兼具，從體育班經常央求到圖書館的眼神最能感受。平時陽光下的孩子動如脫兔，為愛健走上山下海，來到充滿藝文氣息的圖書館，竟然也可以安靜得不可思議……。

拗不過他們時，只能要求書籍選定後就不可亂跑，慢慢地這群孩子也懂得靜下心來，矯健地蹬上椅子，面對整片落地窗大方透著的綠意，玻璃窗映照晃呀晃的腿，直到高腳椅下的光影漸漸挪移……就那麼靜靜地坐定一節課。

那一刻靜如處子，只有光束中的塵埃游移，門邊四時讀書樂的書法字，也雀躍地側著身，列隊歡迎操場健兒。陽光彷彿特別認識他們，與奮地來湊熱鬧，毫不吝嗇地灑在長廊。那時，我看見閱讀的光，與馳騁的汗水一樣耀眼！

——邱淑媛老師

猶記二十年前初到內中，學生的課餘活動除了寫作業及應付一堆考試外可說別無其他，那時內中孩子生活視野的貧瘠，也許是升學主義掛帥之下的必然，再加上學校緊鄰工業區，「文化沙漠」成為學生生活環境的代名詞似乎更是理所當然。一年一年過去，沙漠依舊荒蕪一片，開不出美麗的花朵，也因此困住了孩子對未來的想像。

直到六年前，秀嬌老師開始致力於推動閱讀深耕教育，此舉有如沙漠甘霖，內中孩子的視野漸漸因閱讀而開展。從晨讀、班級巡迴書箱、設置班級閱讀角，到舉辦各項活動：聖誕書展、好書介紹、創作好言書籤、閱讀心得抽獎贈書，甚至更進一步走出書本，推動食農教育、戶外走讀、邀約外國友人入班文化交流、走訪國際姊妹校……，內中的孩子開始讀山、讀水、讀自然；讀生活、讀生命、讀世界，秀嬌老師努力推動的一連串的課程與活動，不僅深耕閱讀的種子，更為內中孩子開啟熱愛生活、生命的一扇窗，孩子的視野擴大了，對未來的想法也開始蓬勃飛揚！

我終於看見，沙漠開出了燦爛的花朵。

——鄭怡卿老師

在閱讀推廣這條路上，秀嬌老師是我很欽佩的前輩。她繪出藍圖，包羅萬象、鉅細靡遺，讓我有跡可尋，可按圖索驥。記得有一次她用「加油」勉勵我，我自嘆弗如的說：95加滿，也沒辦法！閱讀推廣的投入、走讀的熱情、師生大小活動的親力親為……秀嬌老師的身影，是嚮往、是提醒！

——林美伶老師

初來乍到這個花木扶疏的校園，有著濃濃的歷史歲月感。聽著身為內中校友的外子細數回憶中的校景，變化最大的非圖書館莫屬了。湊巧辦公室在圖書館隔壁，有幸見證圖書館的蛻變。浩大且繁瑣的改建過程，在行政及相關人員奔走後，嶄新設計散發出人文氣息的圖書館令人流連，讓全校師生沉浸書香，每個人都成為文青。每每看到學生下課在此駐足，翻閱著架上的書籍，成為一處迷人的風景。

在內中的這些日子裡，除了硬體設施的整建外，在不同領域老師專業的指導下，孩子們有了不同的體驗：學生去了聽說很美的嘉明湖；學生在閱讀課程裡認真寫作投稿；畫出屬於自己的動漫書籤……，校內外超多豐富精采的活動，讓學生有更多元的嘗試與體驗——軟體工程應是讓學生心境與層次提高的關鍵。真的很喜歡這個活力四射的工作場域，充滿著朝氣與希望，不斷向更美好願景前進！

——梁慈軒老師

懷著忐忑不安的心，接下了六個班的閱讀課，戰戰兢兢地訂好課程規劃，就這樣，一切就緒，開始磨刀霍霍向豬羊，哦！不！是向學生啦！

但，如同俗諺：人生，並非一切如願。我一腔熱情相迎，所得的回應卻非預期，上課態度和作業繳交狀況，都不盡理想，我深深體會到閱讀老師鞭長莫及的無奈，閱讀課一星期只有一堂，和同學們相處時間少，常常走在校園中遇到學生打招呼，只能偷瞄班牌確定是哪個任教班級學生，加上各班屬性不同，也需時間摸索，才能找出適合的教學方式，所幸有任教班導師們的協助，大大縮短了我的碰撞期，就說內中最美的風景——是人情。再配合上我的奪命連環「催」，上課情形漸漸步上軌道。閱讀課，我們一起專心閱讀，不侷限文字，我們更閱讀生活。

雖然這波疫情打斷最後一階段課程規劃，因而未能為第一年專任閱讀課畫下完美句號，但有內中美好人情相伴，我相信：在內中，閱讀一定能繼續「悦」讀。

——羅麗馨老師

生活中隨處可見對照今昔不同的例子，有些充滿驚喜，有些令人感到惋惜，有些則帶來希望願景……在內中，亦如是——

以前是雜草叢生的邊遠角落，現在是食農教育的祕密基地；以前圖書館就只是圖書館，而今是小文青最愛駐足之處；以前寫作只是寫作，現在是走入生活環境，貼近生活；以前內中曾是學術導向，現在則是找出孩子的亮點，發展全人教育；以前是國英數自社，現在是多元社團蓬勃發展，讓每個學生都能找到屬於自己的舞台……。

除了硬體設備及人文素養的提升之外，讓我最為感動的是閱讀教育的推展。尤其感佩閱讀推手——秀嬌老師。她總是默默推動閱讀的各項活動：鼓勵寫作，辦理徵文比賽，進而為這些小作家集結出書；鼓勵繪本創作或是動漫書籤的製作，讓閱讀有了多元呈現；邀請世界各地外籍學生到校與孩子交流互動，增廣孩子們的視野，拓展國際觀；辦理走讀活動，不管是聖蹟亭或老街溪，甚至藻礁淨灘，都讓孩子的閱讀識見不限於書本，更能走入生活，關懷我們的生活環境……。這些活動，帶給孩子們不一樣的閱讀經驗。推動過程想必極其辛苦，但成果是甜美的，不僅讓閱讀以更多元的樣貌呈現，也吸引孩子更貼近閱讀。我們的表現屢屢受到肯定，除了刊登於《國語日報》外，更獲得閱讀磐石獎的殊榮。

這些改變，都有賴大家一起努力，朝著美好的願景前進。也感謝幕後一雙雙的推手，默默的耕耘，讓每一個夢想落實，逐步推展，最終帶領我們收穫美好的成果——讓閱讀更貼近生活，更多樣貌呈現。閱讀新改變並非遙不可及。

——吳家蓉老師

近年來，不管是基測或是會考都很強調閱讀的重要性，所以當接下七年級的導師之後，便開始構思如何帶領學生學習「閱讀」並習慣「閱讀」。所幸這些年有了不少經費購買班級套書和圖書館藏書，讓我可以有許多不同種類的書帶學生進行不同的閱讀課程，加上不定時辦理的講座，讓演講者可以藉由經驗分享使學生打開眼界，而不只侷限於課本教材。走讀課程更是帶著學生走出教室，學習用感官去體驗，加深印象。也正因為學校有這麼多的資源，老師才能設計更多元的課程，可以讓學生學習更多課本以外的知識。

——董玥君老師

這幾年看著秀嬌老師在校園穿梭的身影，彷彿是學校閱讀教育的「織娘」，一步一腳印交織出願景的落實，結合不同學科領域孕育出色彩繽紛的果子，而這些鮮甜的果實滋養了無數青青子衿。

從一系列在地走讀開始，關愛認識自己的鄉土，進而每年冬至國際教育日邀請外國學生踏入校園跟國中生交流食物與文化，到帶著學生遠洋出訪矽谷、日本。我何其有幸身在其中，看著喜愛舞文弄墨的學生成為出書作者之一、體力旺盛的孩子出走山海親吻大地、孩子們用有限的英文練習跟斯里蘭卡大哥哥訴說台灣文化。

而我，教學相長，為了出訪舊金山的孩子準備一系列的跨文化探索，帶著他們討論美國人權軌跡與全球化現象，老師也跟著飛閱時空，周遊在異文化書海中。

若說人與人的差異是難以跨越的天際line、國與國的文化藩籬是可能的隔離，那麼，閱百物、讀人生連結了無限可能，閱讀打開了無數視窗，讓少年們學習轉換觀點看世界，即使新冠疫情也無法阻擋這愛讀的眼光，望向世界而更認識自己。

——江美倫老師

身為體育老師且擔任體育班導師的我一直思考著，體育班的學生除了各專項的訓練之外，是否可能有不一樣的訓練方式來增加生活視野、耐受力以及抗壓性。

平日晚上或是週末，鐵人三項的練習是我的生活中很重要的一部分，雖然不常比賽，但透過跑步、騎單車，欣賞更多身邊不常注意的美景，更能享受運動過程的堅持。曾經想過帶學生騎單車，但太危險，也時常陪學生跑步，但過程中互動少，心中一個念頭閃過，何不一起走路？

我的想法得到校方的支持，並著手規劃健走活動，我和我的學生們一起完成花東縱谷百里健走、南投日月潭百里健走。我時常回想起那一段美好的回憶，跟孩子一起感受台灣風土美景、一起感受身體的痛苦、最後一起堅持完成旅程。

如今孩子畢業了，跟他們聊天的過程中，他們心態不一樣了，很正向且生活多采多姿，這或許就是身為一位導師最希望得到的回饋了。

——黃少亭老師

初執教鞭即到內中，數十寒暑倏忽即逝，這期間，看著圖書館由簡約樸實茁長成豐富多元，一如從青澀到成熟的年華，蘊涵著歲月的洗禮。

每在段考後的閱讀課，師生相偕至圖書館，不用刻意安排活動，包羅萬象的圖書，自會引領讀者乘坐飛天魔毯，翱翔遊憩於廣闊奧妙的國度！時而或噗嗤大笑，或屏氣凝神，或一兩句低聲分享。有時，斜陽從長廊上的一排玻璃窗灑入，金光閃耀，篩翦出師生共閱的美好！盈窗的綠意，映照著湛藍的晴空，白雲天光共徘徊，窗內窗外交織出一片靜好！有時風起雨來，雨聲中靜讀，窗內窗外又是一番風景。

閱讀不就是如此自然舒心而美妙嗎？內中最美的風景，我以為就在圖書館，在書與人、光與影的交織互動中。

——余毓敏老師

內中，一所擁有六十年歷史的學校，能成為這裡的一份子，見證著內中的發展，真的非常令人感恩！尤其這幾年教育環境的改變，因著幾位校長的帶領而有了更棒的發展與願景，帶著孩子實現了許多學校做不到的事情。例如為愛健走遠征式的學習，能在國中階段就有這樣壯遊的機會，是多麼難得的一件事；利用校園的荒地建置的食農花園，提供了孩子親身接觸這片土地的機會，讓孩子認識食物原本的樣子，理解到每一份食物的得來不易，學會珍惜，透過智慧農場系統的導入，帶孩子看見未來農業的想像與可能。內中的孩子，真是幸福啊！只要願意就能擁有無限的可能，Be the light of the world。

——黃靜宜老師

一聽到撰寫讀報心得的要求，剛入學的新生大多怨聲載道。因為腹笥甚窘的七年級生，本就不愛閱讀，更遑論寫出短文。所以早期的心得成品多半無病呻吟，但在多方指導與分享佳作後，漸漸的能感受到學生的轉變，多數的心得內容不但言之有物，亦能言之有序。

九年級後，師生都忙著和會考競賽，自然無暇再進行讀報心得，只將報紙發下，供學生自由閱讀。也不知是讀報習慣已經內化，還是受升學壓力，讀報反而成為紓壓方式。學生一拿到報紙，個個興致勃勃翻閱瀏覽，最後都要三催四請才願意把報紙收進抽屜。還注意到：不再只有漫畫版受到青睞，新奇有趣的新聞版也是學生偏好的版面，而增進新知的科學版與陶冶性情的文藝版更不乏支持者。

其實，督促學生撰寫讀報心得是件吃力不討好的差事，但仍需衣帶漸寬終不悔，只因一朝良匠分明剖，始覺安然碧玉期。

——林怡萱老師

內中食物銀行，在校長、輔導室與有熱誠的老師努力下，默默成立了。在這個不起眼的小倉庫，六年來，幫助了一千多個弱勢家庭，還能協助校外的關懷，成為內壢地區的溫暖。

我的班級，從七年級開始，就有捐零錢的活動，孩子把手邊的零用錢，一元、五元、十元的，投入小撲滿，兩個星期後，就有幾百元的愛心，可以送到食物銀行。文義主任（前輔導主任）在那裡告訴我們許多感人小故事，也激勵了孩子更多的愛與關懷，答應每學期都有這樣的捐助活動。

有了食物銀行，告訴孩子行善要及時，不輕看自己年紀小、能力少，因為就是有這涓滴細流，才能匯集成廣闊的大海，嘉惠更多需要幫助的人。

——張智評老師

就一般人的思維，普遍認為閱讀就是讀文章、寫心得而已，但內中的閱讀經秀嬌老師的推動之後，讓學生們充分感受多元創新，跳脫傳統的窠臼。例如：「讀報教育——我是剪報高手」、「文史教育——國門之都」、「國際教育——你所不知道的東南亞」、「環境教育——藻礁與淨灘」……等，使原本枯燥乏味的閱讀課程變得活潑又有趣，成為每星期學生最期盼的課程，相信經過這些閱讀的培養及訓練之後，學生未來的視野會更廣闊，進而建立創造性學習的能力。

——漆嘉鳳老師

白先勇說：「紅樓夢是一本天書。」當我打開這本天書時，常常會看到社會的縮影，又或是身邊人物的生命倒影，這是我喜歡《紅樓夢》的原因，也是我希望學生能認識與閱讀《紅樓夢》的原因，因為人生的答案，都能從這本書裡獲得解答，這是《紅樓夢》值得玩味的地方，也因為這個信念帶領學生創作了戲劇社的第一場夢——《紅樓夢》。

戲劇是與人互動及相互理解的過程，更是一種幻境的體驗！讓參與者在「幻境」當中經驗與學習，進而將學習感受帶入日常生活。雖然學校的舞台上再也見不到這群孩子的身影，但每每想到我們所創造的「幻境」都使我反覆低酌再三回味。那段如夢似幻的日子將帶給他們精彩的生命軌跡，更讓他們從自己的生命裡再去體會別人的生命，這是戲劇的道理，更是閱讀《紅樓夢》時帶給我的真諦。

——葉庭甫老師

閱讀在表演中就像是輸出和輸入的學習歷程，是一種對話，也是一種體驗。

那年我們幾位夥伴一起製作戲劇比賽，透過《紅樓夢》的文本找出心目中最適合的學生擔任角色，對於這批孩子們來說是戲劇表演、是全新體驗。每一位演員在排練時都不斷的閱讀劇本，甚至要不斷地揣摩角色的各種心態，對國中生的孩子們來說真的是一個挑戰。

不論是幕前或是幕後，在戲劇社學習的不是只有表演而已，更是要學習當我們面對失敗或是任何失誤，都要勇敢承認自己，甚至要接受失敗事實，這是一個很重要的練習，因為擁有這挫折，你會更加坦然面對自己生活狀態，並在一次又一次的排練中，獲得成就感和肯定自己。

——黃靜怡老師

《紅樓夢》是我教授戲劇領域的第一齣戲，很高興能夠一起參與製作，從旁協助的過程中，讓我了解到以經典名著來當作劇本的主軸。編劇需要多熟悉故事中的人物特性，才能夠精準的在上百位學生中挑選出貼合角色的人選。在戲劇動作編排上，要學生演出生活中常見的動作與姿態，反而是最困難的一件事，因為刻意演出來的動作反而更不自然，學生透過一次又一次朗讀劇本，也慢慢找到劇中角色該有的態度。在接近比賽前，透過幾位戲劇界大師的指導，更讓學生與我大開眼界，原來戲還能這樣子演，藝術就是需要受到多方的刺激，才能夠從中慢慢磨成最精華的成果。雖然從製作到演出才短短的一年，但這齣戲給我的回味卻是餘韻無窮。

——李施穎老師

從內壢國中畢業的十五年後，在因緣際會下，我回到了內中任教。重回內中時，我被眼前美麗的校園所震驚了！建築物的外牆已經翻新，校園中的花草樹木數量繁多，操場移至以前圍牆外的荒地，校舍整建得美輪美奐。我的母校內壢國中竟然有如此大的轉變！

在這任教的十多年，我發現內中不僅僅是硬體建設的提升，在教學上更有長足的進步，這應該要歸功於「閱讀教育」的落實。舉凡：晨間閱讀、遠征式學習、食農教育、國際教育……等，讓全校師生接觸且參與閱讀，學生日積月累地厚實知識，進而提升學習素養，培養學生成為終身學習者。

——陳世恩老師（27屆校友）

內中的閱讀風景，不只媲美誠品的圖書館。

仲夏，還種下了許多喜愛閱讀寫作的種子。

每年夏天蟬聲響起時，會有一場專屬同學們的新書發表會及簽書會。發表時，我都在想，這裡是不是會誕生未來的名作家呢？

簽書會的地點，有時在圖書館，有時就在中庭穿堂前，師生們經過時都可以看到小作家們臉上幸福雀躍的笑容。同學們喜孜孜端詳這本印刷精美的作品並翻到屬於自己的那一頁，由校長幫每位小作家簽名，作為永遠的紀念，小作家們也彼此互相簽名，頗有名作家的感覺呢！

除此之外，學校的圖推秀嬌老師為了讓更多同學有參與感，感受到閱讀的魅力，由同學作文集結成冊的這本書，每年也在校園聖誕書展展售，對校園小作家而言，這真是紮紮實實的鼓勵，也是最好的肯定！

——謝豐存老師（27居校友）

帥氣的亞森・羅蘋曾經向睿智的福爾摩斯打賭，其實九又四分之三月台是真實的存在，首先找到天龍國的解憂雜貨店，再往東方走八步，就會看到一座挪威的森林，向森林裡的小王子打聽，傳說有一口水井，能讓沙漠顯得美麗與哀愁。

關鍵是要能鼓起被討厭的勇氣，對著水井唱一首冰與火之歌，就能讓沙漠長出許多魯冰花，摘下七片花瓣，並且放下心中的傲慢與偏見，立馬看到九又四分之三月台月台映入眼簾，一排華麗的無限列車伴隨著轟隆的汽笛聲響，即將引領人們跨越一彎淺淺的海峽，奔向略帶鄉愁的少年夢工場。

你說，這是一場紅樓夢？
我說，這是一段關於內中找到閱讀幸福的原子習慣……

——陳清祥老師（33屆校友）

身為內中畢業的校友，這幾年有幸回母校服務，看到內中因推動閱讀，注入多元課程活水，心中真是無限的感動！像是走讀教學、食農教育、國際教育，甚至集結學生的好文出書等等。走讀教學讓閱讀不只有紙本，更有實際的體驗與欣賞美麗的風景；食農教育讓美食不只有吃，還有滿滿參與感和多元知識；國際教育拓展學生視野，培養成為世界公民的國際觀；集結學生的好文出書更是帶出許多臥虎藏龍的「大內高手」。各種精彩的閱讀課程，讓閱讀不只有國文課本，更是引領學生多元學習的明燈，好羨慕現在的內中學生可以學習這麼精彩多元的閱讀課程。閱讀，真的讓內中這所六十年的老校，有了源源不絕的文學新生命！

——莊煒明老師（38屆校友）

閱讀推動共備特色課程——東南亞就在我們身邊：內壢國中位於工業區，因此學生上下學的路途都能看見移工的身影，所以秀嬌老師帶領我們共同發想、共同設計閱讀課程，透過課程讓孩子們破除文化刻板印象，以開闊的心胸，認識東南亞文化，不只是孩子們，連我也更深刻的認識不同的文化，原來閱讀無所不在。

——何旻老師（45屆校友）

前陣子在好久沒有拉開的櫃子裡，找到了國中時，因為老師推薦投稿而獲得的稿費。信封裡，一張百元鈔、幾個錢幣，還被安妥的放置在裡面。當初收到稿費的心情，從它在抽屜裡被細心收納的方式就可以知道。那對國中的我來說，是第一次靠著自己的能力，在學校以外的地方獲得酬勞的肯定。

很幸運在國中時遇到秀嬌老師，開啟了我對於文字撰寫的自信，也親身體驗了教學方法的可能性。到現在看到咖啡凍和咖啡豆，都會想起拜訪老師家的「糬粑崠」咖啡農場時，第一次看見咖啡豆長在樹上綠裡帶紅的樣子，還有老師在綠意雲霧繚繞的環境裡，熱情講解的模樣。

稿費和咖啡，一個給了我能力的肯定和成就感，也知道了可以如何運用能力去換取酬勞。一個從食物最後的樣貌，去回溯到最原始的狀態。我想這就是教學與學習最自然的樣子。

——宋文心（48屆校友）

從國中時期，秀嬌老師就非常鼓勵我們寫作，甚至幫我們把作文集結成書並出版，我永遠無法忘記第一次拿到有自己文章的書時，那種刻骨銘心的感動與澎湃。

畢業後，秀嬌老師仍繼續在內中作育英才，極力推廣閱讀，雖然無法親身參與，但透過臉書仍可看到老師對於在地文化、國際文化、閱讀教育、環境議題等的關注與推廣，並可從字裡行間感受到老師滿滿熱忱。也能體會到閱讀不僅僅是侷限在書裡的知識，俗話說：「讀萬卷書不如行萬里路」，閱讀也可以是用心去感受、用心去「閱讀」身邊萬物傳達給我們的訊息。透過在校內舉辦的各種活動，翻轉以往在教室裡僅是閱讀、寫心得的模式，使用了多種媒體教學、實際的文化交流，與不同於以往文字的創作形式，使學生能享受徜徉在書海中的樂趣，也更能深刻感受到書中所傳達的訊息。

謝謝秀嬌老師的極力推廣與學校的大力支持，提供學弟妹良好的學習環境，能盡情地揮灑自己的想法，並愛上閱讀！

——許婷雅（52屆校友）

作為內中曾經的一名學生，看到學校致力於在地文化的推廣以及多元文化的發展，甚感榮幸。

從草仔粿到咖啡、茶葉的食農教育，讓學生吃得健康，在動手做的同時也充滿成就感。淨灘、健走等走出教室的遠征式學習，讓師生關係不止於教室內，更透過戶外踏查擴展視野，為綠色環境盡力的當下，亦能深入認識在地文化、認識臺灣。

又透過與外籍生、新住民的交流活動，讓學生不出國也能體會異國風情，豐富視界。最後，在秀嬌老師的推廣，閱讀、寫作的方面也大有進展。從收集優秀文章到出版書籍，令具有文采的學子能夠得到肯定，也能供他人學習參考。

十年樹木，百年樹人，內中確確實實做到了，期望未來精益求精，朝下個精彩十年邁進。

——黃聖博（52屆校友）

國中畢業三年後，偶然的機緣讓我再次回到內中，不是訪客也不是校友回娘家，而是應秀嬌老師邀請擔任課堂翻譯。一開始蠻好奇究竟是什麼樣的課程，直到我到現場看見外國講師跟興奮的學弟妹們，不禁感嘆現在多元的課程越來越朝向開拓學生眼界的方向發展了！擔任翻譯將近一學期的期間，除了學弟妹們學到許多外國文化及風俗外，我也在與講師下課聊天時收穫滿滿。老師開設的這個認識世界的課是非常有益於學生，不僅能直接了解各國特色，更能從繁忙的課業中抽離出來，享受熱愛互動的外國人所設計的課程。

——薛瑞婷（52屆校友）

猶記得我剛進入內中時，閱讀教育正在推廣，用心的師長們希望莘莘學子能進入浩瀚的書海，找到屬於自己的寶藏。近幾年再度回到母校，發現多年來師長們播下的種子已經逐漸綻放，校園中的學生拿著不同類型的書籍，享受著閱讀的樂趣；全新建置的圖書館設計舒適、燈光柔美，讓人不禁流連忘返。「書中自有黃金屋」是我一直深深相信的一句話，很感謝內中的師長為學校打造了這麼棒的閱讀環境，為學生提供了如此無邊無際的世界。

——葉晨（52屆校友）

習慣閱讀是我最重大的改變。回想只會埋頭苦讀教科書的國中初期，再到愛上透過閱讀吸收廣泛的知識，中間的過程實在很不可思議。很感謝國中的時候遇上對的啟蒙者，讓我知道閱讀不單只是盯著紙張的形式，其中，我體驗到了走讀、戲劇、享受美食等各式各樣的閱讀方法！每場活動都能滿載而歸，可以不自覺地寫下長篇的感想。喜歡自己在閱讀書報雜誌時有著與旁人不同的思維模式，或許這跟我在國中時期所吸收的閱讀方法有關吧！

——黃漢偉（54屆校友）

「各位老師同學早安，現在是晨讀的時間！請拿起書本，並安靜閱讀。」這一段話，我曾經每週二在教務處的廣播台前向全校播報，從國二到國三整整兩年。

有沒有人想過，那些所謂亂七八糟的「外務」才是真正將學科與生活，與其他生命連接的關鍵？國中三年帶給我最多收穫的不在於學科類的教育，反而是參與說故事社團的走讀與偏鄉志工活動，才真正將死知識接軌鮮活的世界。那一次帶著募得的書籍到復興鄉的奎輝國小，在他們的禮堂表演相聲與戲劇，放眼偌大的綠泊，恍然我們傳遞的不是「書中自有黃金屋」這句話，而是它真正內涵的本意——沒有足夠的閱讀底蘊，你要如何讚美他們比鄰自然而居的靈魂上的富有？

我滿懷感激，不是因為畢業典禮離校的最後一哩路，我能無牽無掛的再看一眼教務處並深信會有另一位後生之輩接掌我的廣播台，而是時至今日又三個六月過去，再踏足母校我看見當年畢業時閱讀的芽蔓，已軟榕纏屋，與內中融為一體。

——姚逸（55居校友）

國三那年校慶開幕的圖書館，從原本光線陰暗的小空間，改建成色調和諧、有設計感，氛圍多了份恬靜舒適。校園角落也暗藏許多小驚喜，新慧樓穿堂牆上的小書櫃、玻璃窗內的電子看板。通過同學介紹參加閱讀推動，學到以前不可能接觸的事物，打開了視野，長了見識，短短三年雖無法參與到全部的改變，但相信內中閱讀園地會在大家精心灌溉下卓越成長，成就更好的未來。

——李沛濃（56屆校友）

畢業兩年有餘，早晨走入高中校門時的寂靜，總令我回憶起國中校門口此起彼落的那聲「老師早」。

做為圖書館的小志工，相信沒有哪個學生比整整兩年中午都泡在那的我更熟悉圖書館，空間的不足、書的位置、借還書的方法都不曾忘記，有幸在畢業之前能看到圖書館的改建，且於校慶運動會時參加開幕儀式。將原走廊納入圖書館，將書櫃鑲在牆壁上，大大的增加閱讀空間，無論上午下午陽光都能灑進每個角落。

走讀亦為本校一大亮點，無論是與員東國中的交流、自己做的披薩、冰醋，還是差點消失的藻礁，各樣的主題都別有立意。我們那時還有美國教育旅行，到Google、蘋果、NASA等地參觀。祺文校長也常帶著童軍團露營、體育班爬山健行，國中生活好不豐富！

——何佩珊（56屆校友）

自從國小時隨著爸媽至內壢國中走跳，我就時常在圖書館念書以及借閱課外書籍，當時的讀書環境較現在已經翻新過的圖書館差異甚多。走入新落成的圖書館，映入眼簾的是：溫馨燈光營造出的舒適圖書環境、有設計規劃的閱讀空間。圖書館改造後，使內中莘莘學子有著愉悅及引發學習熱忱的氛圍。

——陳庭宇（56屆校友）

在內中這三年來，見證了老師們努力的推動閱讀課程，無論是各式各樣的國語文比賽、剪報比賽、演講比賽……都讓我們深深的了解到閱讀的重要性。又透過有趣的走讀課程，寓教於樂，讓莘莘學子們在一片輕鬆的氣氛中吸收許多知識！

內中的課程設計，不僅僅侷限於課堂上的教學，而是著重讓學生們能夠親身體驗，並能夠運用到生活中。三年中我受益良多，讓我的國中生活不只是枯燥的上課下課，也增添了許多色彩，更是讓我了解到，原來學習的方式不只一種方法！找到一種輕鬆又有效的學習方法更能夠事半功倍！

——胡樹傑（57屆校友）

內中，猶如火箭般不斷創新、進步。三年前，我也搭乘這枚火箭，展開了無止境的探索……

國中時，我曾參與「圖夢繪本計劃」，和同學下課時一起想劇情、放學後留下來畫畫，除了出版繪本的成就感，和同學分享、討論的過程，也成了我珍貴的回憶；我也參加過徵文比賽，並出版了《我把青春寫成書》的作文集，把青春的喜怒哀樂、微小的心靈悸動，用文字收藏於書本，讓回憶停駐於左下角的頁碼。三年內，我成就了不一樣的自己。

在青春洋溢的校園，圖書館的一隅，泛黃的稿紙上，留下了我鮮明的曾經。

——楊元綺（58居校友）

在國中的生涯裡，校內老師常常舉辦各式各樣的活動來讓我們對閱讀產生興趣。我曾經參加過「新年新字願」的活動，還記得我以「慢」字當我的主軸，期望自己能以放慢腳步來探索未來。我印象最深刻的還有製作繪本動畫。我擔任的是配音員，從中學習課本裡得不到的經驗。學習並不該侷限於課本，跳脫以往的想法，試著多嘗試各種活動，或許會有不一樣的收穫。

——涂文愷（58居校友）

在內中的三年間，著實看到很多內中對於推廣「閱讀」的努力，例如：在我剛入校時與建完成的圖書館、有別於國小的閱讀課等等，都讓我看見為了讓同學們養成閱讀習慣所下的功夫。但其中令我印象最為深刻的是學校承辦的「影像扎根計畫」。在這個計畫中，會由學生自己繪出一張張圖稿、擔任配音員來產出一部有聲動畫，而我就是其中的配音員之一。這特別的經驗使我對於配音的各項事物都有更進一步的認識，最後我們甚至將作品出版成一本繪本，讓我覺得非常有成就感！

——姜昊廷（58屆校友）

這幾年，學校陸續推廣了各式各樣的閱讀活動。像是剪報比賽、新年新字願、好書介紹比賽等等。閱讀，可能只是學生的興趣或休閒，但我們學校不同，只要有閱讀相關的活動，內中學生都很積極參與。我們的圖書館很漂亮，很像文青咖啡館，坐在那裡心就能靜下來好好看書。而且，學校還會讓同學自己選書，先把想看的許願書單投到摸彩箱裡，之後再抽出幸運兒，就有機會獲得喜歡的書。

——吳育萱（901）

時光飛逝，我在內中的時光準備踏入第三年了，在這兩年我和內中一起成長，對我來說，帶給我最大收穫及改變的莫過於閱讀教育了。閱讀不僅僅是種學習，在內中，它更是生活中不可或缺的一項素養，曼陀羅思考法、5W1H……等等都是在上課中會使用到的閱讀策略。有時也會結合平板，查詢更多課本裡沒有的資訊，最後我們也會上台報告，勇敢的表達出自己的意見。還有，「遠征教育為愛百里健走」活動，利用健走的方式為心路基金會募款。我們從書本中累積智慧，更在遠征教育中體驗人生。

——陳若綺（901）

從我進內中開始，閱讀就與我們息息相關。這些年推動閱讀的方式也越來越多元，老師帶領學生利用聽、說、讀、寫的方式了解很多我們不知道的人事物，有的時候也會讓學生上台報告，閱讀就是幫助我了解更多的事情與道理。

當然內中不只閱讀上的推動，在遠征式學習方面也做得很好，像是為愛健走，每走一公里企業公司就會捐出十元給心路基金會，利用運動的方式幫助心路基金會的遲緩兒，健康又傳愛。

——蘇念慈（901）

第一次聽到閱讀課，以為只是讓我們讀書、寫作文，沒想到還有各式各樣的活動。我參加了觀新藻礁和草漯沙丘的走讀，和結合食農教育的割稻活動，還去了地景藝術節……哇！不知不覺我已經參加了這麼多的活動，讓我感受到「讀萬卷書，不如行萬里路」。之前老師也讓我們參與《人間福報》的採訪，照片也被登在報紙上，真是難得的體驗，我覺得好幸運！謝謝秀嬌老師對閱讀教育的努力，讓閱讀不只是坐著看書，更是一種親身的體驗。

——邱澤（904）

在內中，讓我最感興趣的課程是閱讀課。秀嬌老師以幽默風趣的上課方式授課，雖然有時候會有一些功課，但都是強化我們閱讀理解能力的，寫得好的還會有小獎勵。閱讀能讓我們了解這個世界，發現自己的興趣。

學校的圖書館很漂亮。圖書館不在於面積大小，而是藏書有多少，氣氛有多好。書是精神食糧，在學習上有疑惑還是心情不好時，借一本書來看看，讓自己得到解惑及享受閱讀樂趣的感覺，內壢國中圖書館是最好的選擇。

——彭子洋（803）

這些年學校的很多學習場域都翻新了，特別是一些有關閱讀的軟硬體設備。學校的圖書館真的非常漂亮，好像咖啡館一樣，而且圖書館雖然看起來小小的，但是藏書卻不少！真的是麻雀雖小，五臟俱全。

——吳芯妮（803）

冬至國際交流日，我和許多外國的大哥哥、大姊姊一起寫春聯和製作熱燙印手提袋。他們熱情的在交流過程中介紹自己的國家，有印尼、印度、土耳其、巴基斯坦、越南……。他們友善親切聽著我們不太流利的英語，對我們這群乳臭未乾的小孩十分包容有耐心。很高興學校有這種活動讓我們認識世界各地，希望未來有更多這種活動。

——池孟珊（814）

國中的第一年飛逝，我參加了頗多活動。其中，令我印象最為深刻的是「繪本製作」。繪本最重要的就是故事內容了。我們和同學發想了各種劇情，從男孩蓋房子的陽光小寓言到跳舞小女孩的黑暗小童話……千百花樣一應俱全。最後定稿，是兩位少年和一位少女成長的故事。除了故事外，「繪畫」自然也是一大關鍵。不過，在繪畫方面，我是一點兒忙都幫不上，完全依靠我的同學，真是有些汗顏啊！藉由此次活動，不僅豐富了經驗，也在青春回憶中增添了生動有趣的一頁。

——劉宓（816）

書像一艘船，承載著淵博的知識，行駛於無限寬闊的人海中。

閱讀，對我而言，是一件讓人開心的事。我喜歡徜徉書海中，讓自己幻化成不同角色，有時我是冒險犯難的探險家；有時我是實事求是的科學家；有時我是摩拳擦掌的魔法師……因為書，我的生活多采多姿。

莎士比亞說：「書籍是全世界的營養品，生活裡沒有書籍，就好比沒有陽光；智慧裡沒有書籍，就好像鳥兒沒有翅膀。」我覺得閱讀課是一堂很有趣的課程，能讓大家盡情的閱讀，並且可以吸收更多課外知識。課堂上，老師介紹了各式書籍，擴大我的閱讀脾胃，治療了我的閱讀偏食。閱讀課，讓我收穫良多。

——黃詠倢（820）

二〇一七年，我第一次來到內壢國中參加「世界咖啡館」交流活動。來自不同國家的外籍人士與不同組的學生彼此交流。還記得每位學生都很喜歡介紹台灣夜市美食，如：珍珠奶茶、雞排、滷肉飯、臭豆腐等。他們雖然有點害羞，但都很有趣。學生們除了國外的生活和地理之外，他們還對外籍大學生的生活感到好奇。參與的老師們都很熱心，會協助英語不太好的學生翻譯，讓國外的哥哥姐姐給予答覆。除了師生們的熱情款待之外，我無法忘記在陶瓷上雕刻的活動。希望未來能有機會再到內壢國中，帶他們認識馬來西亞的文化與生活。在此感謝內壢國中的老師們。

——何國宏（馬來西亞）

二〇一九年的冬至，當時在台北當交換學生的我，搭火車前往內壢，參加內壢國中的國際交流日，與國中同學們相互分享了彼此的文化。聆聽他們發表臺灣文化，享受在夜市常看到的遊戲。在教室裡給國中同學們分享日本國中生的生活、寫春聯、做陶瓷杯等，讓我能在內壢國中留下了很多美好的回憶。非常感謝楊老師、教職員們和同學們讓我參加國際交流一日活動。也非常感謝元智大學應用外語系的吳主任邀請我參加活動。我希望可以再次參加類似活動與更多國中生交流，成為一個日本與台灣友好互動的橋樑。

——三浦直矢（日本）

My name is Amondech Inkaew. I am from Thailand. It is an honor to be invited by Teacher Yang to teach Thai language and culture in her school. The students extended a warm welcome to me and paid great attention to my class. I had a lot to share with them, so I was invited for the second time. I am really happy to learn that Taiwanese junior high school students have some understanding of Thai culture and language. The school environment is also a beautiful and safe place for students. In addition, classroom equipments are well maintained. I hope that students who are interested in Thai culture and language will learn more in the future and promote international economy and social cooperation between the two countries.

——Dech（泰國）

I met Miss Yang at the Host Family Activity. She invited me to her school. First, I didn't understand why she invited me to her school. I thought I was going to teach students English. She asked me to prepare a presentation about Turkey, and then I realized that I was going to introduce my country to children. After going to school, I watched and enjoyed affectionate shows performed by dozens of children. All the students greeted because a foreigner came to their school. I felt like a famous person. After my visit to that school, the teacher invited me to the annual event of their school every year. I learned a lot of new things about Taiwanese culture through the students' presentations and activities such as calligraphy. With the encouragement from Miss Yang, I visited more than 20 other schools besides that school. I gave them introduction about Turkey and Islamic culture. I met new people at each school. I had the opportunity to practice Chinese. It felt good to talk about my own country in Taiwan……

——Said（土耳其）

I am silamparasan D from India, doing PhD in NTU, Taipei. I am very happy to share my experience about Neili Junior high school in Taoyuan. I met Mrs. Yang in Taiwan host family program in 2018. After that program, Teacher Yang asked me to join their school event on International Students' Day. That's the first time I saw schools in Taiwan. There are too many things different from my school in India. For example, there are big auditorium, well-designed student library, and indoor and outdoor sports, etc. The school environment is clean and green. The student teacher bonding is like friends. In the classroom, each student has a specific comfortable chair and table. The school also organized multiple activities like writing calligraphy, pot making, computer design, music and yoga etc. The school also arranged outdoor events such as mountain climbing (Yang Ming Shan), rice harvesting festival, food festival. Thank you for giving such an opportunity to share my thought about the school. I personally thank Mrs. Yang and the School principle for arranging such a wonderful platform for school students during our visit.

——silamparasan D（印度）

My name is Andina Mugi Utami. I came from Indonesia. I am a Ph.D. student at National Central University in Zhongli. I want to share my story when I join some cultural activity in Neili Junior High School. I remember the first time I came to this school to share about Indonesian culture to the student. I brought some Indonesia traditional music instrument named "Angklung" and demonstrated it in front of the students. They were very excited but shy at the same time. But after a while they also joined to play the instrument. Furthermore, I also introduced several dance, traditional costumes and traditional ceremonies from Indonesian Tribes.

In conclusion, I am very glad to have this opportunity to join the cultural activities in Neili Junior High School. Deep down in my heart, I want to say my gratitude to Headmaster and My beloved Teacher Yang for your warm heart and your hospitality. I hope I can join more activities in this school Best.

——Andina Mugi Utami（印尼）

少年文學59　PE0194

復華一街的奇蹟
——閱讀的無限可能

編著／楊秀嬌
責任編輯／姚芳慈
圖文排版／黃莉珊
封面設計／王嵩賀
出版策劃／秀威少年
製作發行／秀威資訊科技股份有限公司
114 台北市內湖區瑞光路76巷65號1樓
電話：+886-2-2796-3638
傳真：+886-2-2796-1377
服務信箱：service@showwe.com.tw
http://www.showwe.com.tw

郵政劃撥／19563868
戶名：秀威資訊科技股份有限公司
展售門市／國家書店【松江門市】
104 台北市中山區松江路209號1樓
電話：+886-2-2518-0207
傳真：+886-2-2518-0778

網路訂購／秀威網路書店：https://store.showwe.tw
國家網路書店：https://www.govbooks.com.tw
法律顧問／毛國樑　律師

總經銷／聯寶國際文化事業有限公司
221新北市汐止區康寧街169巷27號8樓
電話：+886-2-2695-4083
傳真：+886-2-2695-4087

出版日期／2021年11月　BOD一版　**定價**／450元
ISBN／978-626-95166-1-2

讀者回函卡

秀威少年
SHOWWE YOUNG

國家圖書館出版品預行編目

復華一街的奇蹟：閱讀的無限可能/楊秀嬌編著. --
一版.-- 臺北市：秀威少年, 2021.11
面； 公分. -- (少年文學 ; 59)
BOD版
ISBN 978-626-95166-1-2(平裝)

863.55 110016719